W0060335

Wer, wie Nicola Denis, in den 70er und 80er Jahren nach Stuttgart reiste, hätte sie selbst erleben können: die Tanten. Ein loyales und geschlossenes Quartett aus vier alleinstehenden Frauen, die aus eigener Kraft standen und stolz darauf waren. Gebildet und souverän trat das Tantenquartett der Welt gegenüber: Marianne, die studierte Nervenärztin, die in der Familie den Ton angab, Hanne, die zupackende chemisch-technische Assistentin, die als einzige in Hosen steckte und der großen Schwester zeitlebens nicht von der Seite wich, Irene, die autonome, autofahrende Apothekerin, und Hilde, die Lebenslustigste unter den vier Frauen. Keine von ihnen fügte sich in eines der starren Rollenbilder der Nachkriegszeit, und doch zwickte das freiwillig gewählte Familienkorsett mitunter beharrlich. Mit feinem und humorvollem Blick nimmt Nicola Denis das schwesterliche Gefüge unter die Lupe und entwirft ein reiches Erinnerungstableau der vier Frauenleben und ihrer Gefährtinnen.

Nicola Denis,
geboren 1972 in Celle, übersetzt seit vielen Jahren aus dem Französischen, u. a. Honoré de Balzac, Éric Vuillard, Philippe Lançon und Marie-Claire Blais. 2021 erhielt sie für ihr übersetzerisches Werk den Prix lémanique de la traduction. Sie lebt mit ihrer Familie im Westen Frankreichs und hat langjährige familiäre Bezüge nach Stuttgart. »Die Tanten« ist ihr literarisches Debüt.

Nicola Denis

Die
Tanten

Klett-Cotta

Klett-Cotta
www.klett-cotta.de
© 2022 by J. G. Cotta'sche Buchhandlung
Nachfolger GmbH, gegr. 1659, Stuttgart
Alle Rechte vorbehalten
Cover: ANZINGER UND RASP Kommunikation GmbH, München
unter Verwendung einer Illustration von © Elisabeth Moch
Gesetzt von Dörlemann Satz, Lemförde
Illustration: © Elisabeth Moch
Gedruckt und gebunden von CPI – Clausen & Bosse, Leck
ISBN 978-3-608-96595-7
E-Book ISBN 978-3-608-11935-0

Für Alexandra, Louise, Susanne und Yoanna

Die Tanten aus Stuttgart bildeten in meiner norddeutschen Kindheit eine feste Größe. 1907, 1909, 1911 und 1917 geboren, waren die vier älteren Schwestern meines Vaters, einen Bruder gab es auch noch, sämtlich *unverheiratet* geblieben. So drückte sich meine Mutter aus, wenn sie meinte, bei ihren Gesprächspartnern das Verheiratetsein als Norm voraussetzen zu dürfen. In gefährlicher Nähe zu dem scherzhaft verwendeten unbemannt, blieb es ein unzutreffendes Attribut für jene Verwandten, die mir keineswegs den Eindruck vermittelten, diesem Status nachzutrauern. Noch undenkbarer wäre gewesen, sie als ehelos zu bezeichnen, da sie sich vielmehr bewusst gegen das Los der Ehe entschieden hatten und nach einem oft zitierten Ausspruch der Jüngsten, sie wolle nie im Leben Männersocken waschen müssen, eher etwas losgeworden oder vermieden zu haben schienen. Gänzlich unbrauchbar waren auch die in den Achtzigern, meinen Erinnerungsjahren, eingebürgerten Singles als Prädikat für die eng der romanischen Kultur verbundenen Tanten. Niemand hätte gewagt, dem selbstbestimmten Auftreten der vier Schwestern mit einer neumodischen Außenzuschreibung seine Würde zu nehmen.

Sie selbst hätten den Begriff höchstens ironisch gebraucht und, wie alle englischen Wörter, nach schwäbischer Art mit einem weichen, stimmhaften S ausgesprochen – mit spitzen Lippen gewissermaßen. Das neutrale ledig traf es schon eher und kam unter den Vokabeln, die Außenstehenden die Besonderheit meiner Tanten erläutern sollte, regelmäßig vor. Das Adjektiv, das mir als Kind wohl unbewusst am passendsten erschien, war jedoch *alleinstehend*. Plastisch und kompakt, sich selbst genügend. Es beschrieb genau das, was die sprichwörtliche alte Jungfer, ein Prädikat, das selbst den Böswilligsten für die vier Schwestern unpassend erschienen wäre, nicht vermochte: Jene war sitzen geblieben, meine Tanten aber standen aus eigener Kraft.

Dass die Tanten auch über die Familiengrenzen hinweg *die Tanten* oder die *Zimmerlischen Tanten* hießen, war ebenso selbstverständlich. Nicht nur, weil diese Bezeichnung aus dem Französischen stammt und zumindest bei der Ältesten, Marianne, alles aus Frankreich Kommende *bis zur Kritiklosigkeit verankert* gewesen sei, wie sich mein Cousin und einziger Tantenneffe ausdrückt. Auch, weil sie als geschlossenes Quartett der Außenwelt eine sehr eigene, souveräne Daseinsform vorlebten. Als hätten sie einen Pakt geschlossen. Mit ihrer Lebensform waren die Tanten zu einem Familienemblem aufgestiegen. Dabei waren sie streng genommen nur in begrenztem Maße Tanten, hatten neben besagtem Neffen lediglich zwei Nichten und konnten nicht zusätzlich noch als Onkelfrauen

Anspruch auf diesen Status erheben. Überhaupt hatten sie kaum etwas Tantenhaftes an sich. Während mit einem onkelhaften Verhalten unmittelbar etwas Gönnerhaft-Klebriges verbunden ist, hat das Adjektiv tantenhaft, als ich ihm nachzuhorchen versuche, einen erstaunlich großen, vor allem negativ besetzten Auslegungsspielraum.

Eher beschaulich fängt es damit an, dass sich in Heines *Harzreise* »tantenhaft vergnügt« weiße Birken bewegen. Meine Stuttgarter Verwandten erschienen mir als Kind zwar keineswegs beschaulich und nur bedingt vergnügt, doch Bewegung, Berge, »hohe Buchen«, die »gleich ernsten Vätern« das tantenhafte Treiben verfolgen, passten in ihre Lebenswelt. Altjüngferlich, betulich, etepetete, gouvernantenhaft schreiben die Synonymwörterbücher und lassen damit neben Johanna Spyris Fräulein Rottenmeier bestenfalls Werner Bergengruens *Greiffenschildtsche Damen* wieder aufleben, denen es bestimmt ist, »jüngferlich zu leben oder jüngferlich zu sterben«, und die nur kleine und niedliche Dinge von winzigen Schüsselchen und Tellerchen essen. Nicht aber meine selbst bestimmenden Tanten, die mit gesundem Appetit zulangten, nichts Geziertes an sich hatten und eingegangen wären wie eine Primel, wenn sie nach Art von Walter Benjamins Großtanten, »immer unter dem gleichen schwarzen Häubchen und im gleichen Seidenkleide, aus dem gleichen Lehnstuhl, vom gleichen Erkerfenster« aus in die Welt hätten schauen müssen. Bei Goethe nehmen junge Mädchen, die sich den Jünglingen an Reife überlegen fühlen, ein »tantenhaftes Betragen an« – eine Zuschreibung, in der hinter dem Gouvernantenhaften das verkappt Mütterliche durchschimmert, das Überbemühte, Überfürsorgliche derer, die sich an Neffen und Nichten schadlos halten müssen. Was in meinem Fall zwar nicht auf meine Cousine und mich zutraf, aber durchaus, wenngleich dieses Verhältnis von niemandem als mütterlich bezeichnet worden wäre, auf den Stuttgarter Cousin, den meine Tanten besonders ins Herz geschlossen hatten. Herb, unzugänglich und spröde – das hingegen lässt sich aus den unversiegbaren Wörterbüchern auch für meine kindliche Wahrnehmung festhalten. Die vier Vaterschwestern Marianne, Hanne, Hilde und Irene bildeten zweifelsohne eine unbequeme moralische Instanz in meinem Familienkosmos: Bei der Erwähnung der *Stuttgarter* schien urplötzlich ein strengerer Wind über die norddeutsche Tiefebene zu wehen.

Eines Tages dann wuchsen meine Tanten für mich aus ihrer Rolle heraus. Ihr Chor, der das Familiengeschehen mal hinter den Kulissen, mal im Mittelpunkt unisono kommentiert hatte, wurde vielstimmiger. Das, was jahrelang gleich geklungen hatte, bekam einen neuen Unterton; bisher Selbstverständliches verstand ich anders. Als junge Erwachsene verlegte ich meinen Lebensschwerpunkt nach Frankreich, in eines der Lieblingsländer der Tanten. In ein Land, das für Alleinstehende, ob Männer oder Frauen, nur das Wort célibataire kennt, wenn es seine Junggesellinnen nicht gleich ex negativo mit dem Etikett non marié versieht.

Ein Land, dessen Sprache die Gemeinten mit weiteren Synonymen wie seul, solitaire oder isolé geradewegs als Vereinsamte verortet: esseulées. Wenn Sprache das Denken formt, wenn sie die Wahrnehmung beeinflusst, muss es vielen alleinstehenden Französinnen ungleich schwerer fallen, aufrecht durch die Welt zu gehen. Noch immer erinnere ich mich an meine Fassungslosigkeit, als man mir nach ein paar Wochen im Land eine bildschöne, kluge Frau, als bedauernswerte Junggesellin vorstellte. Sie war damals nicht einmal dreißig, und sie steht noch heute, ebenso viele Lebensjahre später, in der Selbst- und Fremdwahrnehmung ihres Milieus nur bedingt auf eigenen Füßen. Offenbar galt also das Ledigsein jenseits des Rheins nicht als vollwertiger Familienstand, war nicht die frei gewählte Selbstbehauptung, die ich als Kind und Jugendliche mit den souverän wirkenden Alleinstehenden in meinem Umfeld verknüpft hatte. Familienstand ledig – immerhin war das eine von vier verschiedenen Optionen, mit denen man im Deutschland der Achtzigerjahre offiziell seinen Beziehungsstatus angeben konnte. Im Wort Familienstand schien mitzuschwingen, dass man auch als verwitwete, geschiedene oder eben ledige Person Familie sein und bilden konnte. In der französischen Entsprechung état civil aber hat der Staat das Sagen; der gleiche Staat, der 2012, genau vierzig Jahre nach dem ministeriellen Fräulein-Erlass in Deutschland, die halbherzige Empfehlung aussprach, die Bezeichnung Mademoiselle aus den Verwaltungsformularen zu tilgen. Dessen ungeachtet lebt sie, wie ich immer wieder erstaunt bemerke, umso hartnäckiger in dem Wortschatz distinguierter älterer Herren weiter, die es sich noch immer nicht nehmen lassen, eine unverheiratete Frau, und sei sie jenseits der Achtzig, mit Mademoiselle anzureden. Wozu jenes Beharren auf der Leerstelle, auf dem Fehlen der besseren Hälfte, auf dem vermeintlich Unvollkommenen? Noch mehr staunte ich, dass in den Sechziger- und Siebzigerjahren geborene Französinnen von ihren Vätern mit einer Ausbildung zur Sekretärin oder Reisebürokauffrau ins Leben geschickt wurden: Übergangsberufe, Versorgungstrittbretter, auf die sie zwei, drei Jahre lang aufspringen sollten, bevor die Kutsche des Märchenprinzen vorfahren und die goldene Trittleiter ausgerollt werden würde.

Meine Tanten indes schienen derlei Requisiten über Bord oder vielmehr aus dem Fenster des kleinen VW-Käfers geworfen zu haben, mit dem sie, dicht aneinandergedrängt und aufeinander eingeschworen, durchaus auch mal holprig und unsanft, immer aber selbständig durchs Leben steuerten. Vor meiner französischen Hintergrundkulisse legten sie, und mit ihnen all die ledigen Gefährtinnen aus dem Kreis von Familie und Bekannten, ihre Rolle als geheime Miterzieherinnen ab. Stattdessen gewannen sie eine Bedeutung: eine Bedeutung als Vorbild, als mögliches Weiblichkeitsmodell jenseits von Ehefrau und Mutter. Und so wie die fremde Sprache nach und nach mein Gehör für die Muttersprache schulte, das Eigene auf fruchtbare Weise fremd wurde, schärfte das Land der

Junggesellinnen meinen Blick auf die heimatlich vertrauten Alleinstehenden und die erst aus der Fremde
sichtbaren Eigentümlichkeiten des deutschen Tanten-
wunders.

Die
Urtanten

Neben der realen schwäbischen Schwesternkonstellation ragte auch eine fiktive schwedische in meine Kindheit: Elsa Beskows Tantenbücher, genauer gesagt der erste Band, *Tante Grün, Tante Braun und Tante Lila*, den mein Vater von einer Geschäftsreise nach Dänemark mitgebracht hatte. Kurioserweise hielt ich also, noch kaum im Lesealter, eine dänische Übersetzung des schwedischen Originals in Händen, die im Gegensatz zur deutschen Ausgabe das gesamte Personal des Buches auf dem orangefarbenen Einband versammelte. Die Bilder sprachen eine so deutliche Sprache, dass die Textspalten auf der linken Seite Beiwerk bleiben konnten. Meine erklärte Lieblingstante war, natürlich, Tante Braun, die in ihrem kuchenteigfarbenen Kleid bereits in der Küche verlockende Plätzchen anbot und anschließend umsichtig an einer üppig gedeckten Kaffeetafel agierte. Auch die goldene Bretzel, die den einzigen Laden in dem menschenleeren Städtchen signalisierte, hatte es mir angetan, zumal sie sich auf der Kaffeetafel in Miniaturvarianten türmte. In der deutschen Verlagsbeschreibung heißt es heute: »Schrullig und herzensgut sind sie, die so heißen, wie sie aussehen, und so aussehen, wie sie sind.« *Herzens-*

gut, ein weiteres Prädikat, das meine Mutter, mit einem *eigentlich* versehen, gerne für ihre Schwägerinnen verwendete, sobald ich selbst ob einer gewissen Schrulligkeit Bedenken äußerte. Elsa Beskow hatte als Kind die reformpädagogische Schule ihrer Tanten Amalia und Berta besucht und war nach dem Tod des Vaters mit ihrer Mutter und den Geschwistern in das Stockholmer Haus der ledig gebliebenen Tanten gezogen. Später übertrug sie diese Konstellation in ihre Bücher und verwandelte die eigene Mutter kurzerhand in die dritte Tante: die lilafarbene, romantische.

Auch in der Kindheit meiner Tanten mögen fiktive Schwestergemeinschaften aufgetaucht sein, möglicherweise sogar die Greifenschildtschen, schließlich zählte Werner Bergengruen in katholischen Familien zum literarischen Kanon. Vor allem aber hatten auch sie ihre Tanten. Verwandte aus Fleisch und Blut, denen sie jahrzehntelang eng verbunden waren. In einer Konstellation, die in ihrer Symmetrie rückblickend fast etwas Beängstigendes hat und mich fragen lässt, wie meine Tanten den unverrückbar anmutenden familiären Überbau wohl erlebt haben mochten.

Ihre Großeltern mütterlicherseits, Anton und die sogenannte »Maman«, lebten mit ihrer zwölfköpfigen Kinderschar in Bad Mergentheim. Maman war eine liebevolle, zum Spielen, Bauen und Zeichnen geneigte Großmutterfigur, der Kontakt der Stuttgarter Enkelinnen nach Mergentheim trotz der verhältnismäßig großen Entfernung rege. Anton, der als Stadtarzt zeit seines Lebens in dem großen Haus in der Mühlwehrstraße auch seine Praxis gehabt, dafür Pferde, Wagen und Kutscher gebraucht und sich immer wieder eine Kuh, einen Acker und einen Weinberg dazugekauft hatte, starb 1908. Seine Töchter, Maria und Therese, 1889 und 1894 geboren, blieben im Elternhaus wohnen und wurden *die Tanten* meiner Tanten. Maman hatte nach Ansicht mancher Nachkommen *auf Nummer sicher* gehen wollen und gleich zwei ihrer Töchter auf dem sprichwörtlichen Tantenplatz zur Alterspflege bestimmt. Beide hatten nach der Volksschule eine Erziehungsanstalt für höhere Töchter durchlaufen, in denen sie Teeservieren wie die teigfarbene Tante und Sticken wie die lilafarbene lernten. In der Kindheit meiner Tante Marianne, der Ältesten der Stuttgarter Schwestern, waren ihre Mergentheimer Tanten junge Zwanzigerinnen. Die dennoch schon auf ein Los, auf eine unveränderlich scheinende Lebensaufgabe festgelegt waren. Fast ein Vierteljahrhundert lang sollten sie vor allem eines sein und bleiben: treusorgende Töchter, die bis zum Tod der Eltern Kind waren. Wartemädchen, deren Warten kein Ende nahm.

Beide, Maria und Therese, haben als Schreiberin oder Beschriebene Spuren in der Familiengeschichte hinterlassen. In ihrer Laudatio zum 100. Geburtstag der noch post mortem legendären Maman geht Maria ganz im Lob der idealen Mutter auf. Beim Sichten des Geschriebenen entsteht vor mir das Bild meiner vier Tanten, wie sie, lange vor ihrer eigenen Tantenzeit, brav gescheitelt, mit adretten dunklen Kleidern, die

Jüngeren mit weißen Häkelsöckchen, die beiden Älteren schon in halbhohen Riemenschuhen, in ihren Schulferien das Treiben im großelterlichen Arzthaushalt mitverfolgen. Ich frage mich, wie sie diese Großfamilie empfanden, in der man etwas auf sich hielt und die ihren Halt den unermüdlich tätigen Frauen, Müttern und ledigen Töchtern, verdankte. Als Kinder werden meine Tanten Freude gehabt haben an den vielen Cousins und Cousinen, den Kuchentafeln für den ein und aus gehenden Pfarrer Kneipp, an dem angegliederten landwirtschaftlichen Betrieb. Mehr Freude vermutlich als ihre Großmutter mit ihren vielfältigen Anforderungen, die, wie ihre Tochter Maria schreibt, *weit den Pflichtenkreis einer Hausfrau der damaligen Zeit überstiegen* und durch den schwerhörig auf der Haushaltskasse sitzenden Gatten wohl kaum erleichtert wurden. Wie muss es, frage ich mich weiter, für Maria, die Schreiberin, gewesen sein, eine *starke Frau*, die eigene Mutter, mit einem *bis zum Rande angefüllten Lebensbrunnen* zu würdigen, der für die Tochter selbst nur das Allernötigste bereitzuhalten schien? Maria arbeitete jahrelang *im Doktorhaus* als Praxishilfe mit: eine *gute Seele*, wie eine nachträgliche Fotobeschriftung meines Vaters vermerkt. Eine, die die Seele des Ganzen war, ohne die es das vermeintliche Idyll der patriarchalischen Großfamilie nicht gegeben hätte. Maria war Tochter und Praxishilfe, und sie war Tante.

An ihrer Seite die sieben Jahre jüngere Therese, die Mitbestimmte. In ihrem Nachruf heißt es, damals sei es selbstverständlich gewesen, dass *die ledigen Töchter* den verlobten Schwestern die Aussteuer nähten und vorbereiteten und zusehen mussten, wie eine nach der anderen glücklich das Elternhaus verließ. Ihr sei die Aufgabe geblieben, für die Mutter zu sorgen, *sparsamst den Haushalt zu führen*, für viele Gäste da zu sein. Zur Aufbesserung der Haushaltskasse vermietete sie Zimmer, *spielte die allzeit brave, kontrollierte Tochter*, sang jahrelang im Kirchenchor und war, als der Erste Weltkrieg ausbrach und die Schwestern mit ihren Kindern aus der Großstadt ins Elternhaus flohen, diejenige, *die half, zusehen musste, arbeitete von früh bis spät*. Einmal gestand sie ihrer Nichte an einem langen Abend, wie schwer es gewesen sei, nie ein eigenes Kind im Arm halten zu dürfen. Wird nicht auch das Spielen der Tochterrolle bisweilen Last gewesen sein?

Zum Tantenhaus wurde das Haus in der Mühlwehrstraße nach dem Tod von Maman, 1932. Nur wenige Jahre später dann Zufluchtsort vor Fliegerangriffen, Refugium für die *Schlesier* der Familie, die im eisigen letzten Kriegswinter Schutz *vor Bombenhagel und Russen und Hunger* suchten, Hort der Geborgenheit. Für die Kriegerwitwen wurden Lebensmittelpakete geschnürt, wurde gestrickt und gebastelt: *In höchster Pflichterfüllung und religiöser Überzeugung und Liebe – in selbstloser Bescheidenheit.* Auf einem Foto aus jener Zeit steht Therese in einer gestärkten weißen Krankenschwesternschürze hinter der sitzenden Maria, die ihrerseits das hölzerne Kruzifix als Stärkung im Rücken hat. Als Jüngste der zwölf Geschwister war sie, der man die Rolle der Fürsorgerin zugedacht hatte, seit dem Tod der Mutter *ohne Beruf.* Sie lernte *mit eiserner Energie* Stenografie und Maschinenschreiben, bekam eine Anstellung als Sekretärin im örtlichen Gesundheitsamt und erwarb sich damit das Anrecht auf eine Rente, mit der sie später das Altersheim bezahlen konnte. Mit dem Verkauf des Elternhauses, schrieb sie 1975, habe sie zwar eine materielle Erleichterung empfunden, gleichfalls aber ein Stück von sich selbst abgeschüttelt. So klein die Summe auch sei, die sie nun *unter Zurückbehaltung eines Restes* zwischen ihren dreiundzwanzig Nichten und Neffen aufteilen wolle, so sei *sie doch im schweren Lebenskampf von Tante Maria und mir erworben* worden. Therese verbrachte ihren Lebensabend im Altersheim und erfreute sich der Besuche von Freundinnen, Nichten und Neffen. Nicht nur in die Heilige Messe ging sie täglich, sondern – *die Natur war ihre ganz besondere Liebe* – auch in den blühenden Kurpark, in den Bad Mergentheimer Schlossgarten mit dem anmutigen Schellenhäusle. Therese überlebte ihre Schwester Maria um ein gutes Vierteljahrhundert. Ihr sorgfältig verfasstes, seitenlanges Testament schloss mit einem Dank *für alle Liebe und Hilfe, die ihr mir geschenkt habt, und sollte ich jemanden gekränkt haben, so bitte ich mir zu verzeihen. Haltet Frieden, und haltet so das Andenken an die Großeltern und Eure Tanten Maria und Therese in Ehren!* Sie ließ es sich nicht nehmen, auf einer Grußkarte zu meiner Erstkommunion ihre Freude darüber zu äußern, ihre Nichten, *die Tanten von Stuttgart-Ravensburg,* zu diesem Anlass bei uns im Norden zu wissen.

Bei den anderen Großeltern meiner Tanten fand sich eine fast spiegelbildliche Konstellation. Karl, Forstdirektor in Waldegg, und Wilhelmine hatten zehn Kinder, darunter drei unverheiratete Töchter. Therese, die 1891 geborene Jüngste der ledigen Schwestern, zog später mit ihrer im Zweiten Weltkrieg verwitweten, vierzehn Jahre älteren Schwester Marie zusammen, in der Familie aus inzwischen vergessenen Gründen als *Fischmutter* bekannt. Ob diese als Einzige mütterlich klingende Tante über ein großes Aquarium gebot, einen Teich voller Goldfische hatte oder freitags großzügig zum Mittagstisch bat, muss dahingestellt bleiben. Ihre Schwester Therese hatte zuerst eine Ausbildung zur Reallehrerin absolviert, bevor sie 1918 hauptamtlich in den Dienst des in Württemberg gerade frisch gegründeten Caritasverbandes trat, wo sie den *Stuttgarter Nachrichten* zufolge »als Direktionsmitglied wesentlich zum Auf- und Ausbau der Caritasarbeit beigetragen« habe und nach Aussage meines Cousins, ihres Großneffen, ein *hohes Viech* gewesen sei. Eine glaubensstrenge Frau, deren Lebensaufgabe laut Pressenachruf »Dienst an Notleidenden, Dienst an hilfsbedürftigen Kindern und Alten war« und deren Berufsbezeichnung »Fürsorgerin« lautete. Verglichen damit war die Schwester an ihrer Seite, die um einiges ältere Fischmutter, ihren Nichten und Neffen eine lebensfrohe, warmherzige Tante und Großtante, die frei von den Zwängen des Katholizismus schien. Mit ihrer natürlichen Zugewandtheit brachte sie es nicht übers Herz, das eine oder andere nicht unbedingt haushaltsrelevante Zeitungsabonnement an der Tür abzuweisen. Und so erinnert sich mein Cousin noch immer dankbar daran, bei den *Tanten in der Paulusstraße* in der *Bunten* gelesen zu haben.

Im Familienkosmos meiner Tanten gab es also die Mutterschwestern im fernen Mergentheim, Maria und Therese, und die fast gleichlautenden Vaterschwestern in der nahen Paulusstraße, Marie und Therese, zu denen sich bis zu ihrem frühen Tod ihre ebenfalls ledige Schwester Johanna gesellte. Auf einem von meinem Vater mit der Aufschrift »*Tanten*« ausgewiesenen Umschlag mit Fotografien der Paulusstraßenbewohnerinnen lassen zwei lakonische Kurzbeschreibungen der Abgebildeten – ›*Mann*‹ Tante *Therese* und ›*Mama*‹ Tante *Johanna* – ahnen, dass auch die Urtanten in der Außenwahrnehmung eine vollgültige Lebensgemeinschaft bildeten.

Ich frage mich, wie meine Stuttgarter Tanten wohl das Los dieser Ahnfrauen aus dem für mich bereits vorvorigen Jahrhundert empfunden haben mögen. Ob sie es als selbstverständlich hinnahmen? Ob es sie empörte, dass die unverheirateten Töchter in ihrem Großelternhaus von Vätern, Brüdern und Neffen mit durchgebracht wurden und dafür als Ersatzmütter, Krankenpflegerinnen oder Praxishelferinnen unentgeltlich ihre Fürsorge in die Waagschale werfen mussten? Ob sie damit haderten, dass Maria und Therese eine Berufung zugeschrieben wurde, eine eigene Berufung, die gar zum Beruf hätte werden können, in diesem Familiengefüge aber keinen Platz hatte? Ein Beruf nur dann, wenn die Tochter sich nach dem Tod der Eltern, gerade dem Kindsein entronnen, ihre Altersversorgung erarbeiten musste? Ich frage mich, was meine Tanten möglicherweise hatten anders machen wollen, um diesem Los fremdbestimmter Fürsorgerinnen zu entgehen. Jedenfalls wird auch für sie die Zeit des Fragens erst später gekommen sein. Denn offenbar war es den Urtanten gelungen, aus dem ihnen zugedachten Tantenplatz ein Tantenhaus für andere zu machen. Und die Mühlwehrstraße für ihre Nichten zu einem Inbegriff von Wärme, zu einem Auffangnetz in Krisenzeiten, einem Knotenpunkt familiärer Traditionen.

Das
rote Sofa

Wenn ich in Tantenhaft auf dem *roten Sofa* saß, das eigentlich unübersehbar rosafarben war, wusste ich nicht, dass es sich dabei einmal um ein Sehnsuchtsobjekt meines Vaters gehandelt hatte. In den Siebziger- und Achtzigerjahren reisten wir zweimal pro Jahr, oft in den Osterferien, manchmal auch im Herbst, im Intercity mit dem verheißungsvoll klirrenden Getränkewagen von Celle nach Stuttgart, um dort die zahlreiche schwäbische oder in der Schwabenhauptstadt lebende Verwandtschaft zu besuchen. Gewohnt wurde meist bei der Schwester meiner Mutter, die ganz in der Nähe ihrer eigenen Mutter, meiner Großmutter, in Vaihingen lebte. Die Vaihinger gingen beim Breuninger einkaufen und im plüschgrünen Café Königsbau Kaffee trinken, für mich ein Inbegriff großstädtischer Weltläufigkeit. Das rote Sofa aber stand in Stuttgart West, in der Nähe des spröden, verschämt an den Berg gepressten Westbahnhofs. Jedes Mal, wenn wir an ihm vorbeifuhren, erinnerte sich meine Mutter an ihre Stuttgarter Großmutter, die in der benachbarten Bismarckstraße gelebt hatte und aufgrund ihrer eindrucksvollen Korpulenz regelmäßig in die Straßenbahn geschoben werden musste. Ein Bild, das mich umso mehr faszinierte, als ich diesen Urgroßmutter-block ganz in Schwarz imaginierte, der einzigen Farbe, die sie den wenigen Fotos zufolge getragen zu haben scheint.

Wir aber fuhren weiter und der väterlichen Familie entgegen. In die Röckenwiesenstraße, das Reich der Tanten. Hier regierten und wohnten die beiden älteren Schwestern des Tantenquartetts, Marianne und Hanne. Als ich zehn war, war Tante Marianne fünfundsiebzig, ihre Schwester zwei Jahre jünger, ein klassisches Großtantenalter also. Dieser Generationensprung erklärte sich dadurch, dass mein Großvater fast hundert Jahre vor mir geboren war und mein Vater, in seiner Familie der Jüngste, mich als erstes und einziges Kind erst mit knapp fünfzig Jahren bekommen hatte. Hanne war in meiner Kindheit schon seit Längerem *in Rente* und ganz offensichtlich froh darüber. Sie hatte nach ihrer Ausbildung zur chemisch-technischen Assistentin und zwei kürzeren, ersten Berufsstationen eine Anstellung im Stuttgarter *Kathrinenspital* gehabt und später im Labor des katholischen *Marienspitals* ihr restliches Berufsleben unter einem weiblichen *Drachen* gefristet, der beim Erzählen noch immer ihren Blick verdüsterte. In Labordingen war sie oft auch ihrer Schwester Marianne in deren Praxis zur Hand gegangen, indem sie mit mürrischer Miene den Blutsenkungswert *tsammebastelte* und ihrer Schwester über die Dick- oder Dünnflüssigkeit des Lebenssaftes Auskunft gab. Und so war sie auf fast selbstverständliche Art auch diejenige, die in der Röckenwiesenstraße über die Küche waltete und ihrer Schwester den Haushalt führte, nein, schmiss.

Marianne arbeitete in diesen Jahren zumindest zeitweise noch immer in ihrer psychiatrischen Praxis in der Paulinenstraße. Sie hatte ab 1926 in Tübingen, Freiburg, München und Wien Medizin studiert und war zunächst am Stuttgarter *Bürgerspital* angestellt gewesen, bevor sie nach dem Krieg ihre eigene Praxis in der Hasenbergsteige, dem damaligen Zuhause der Familie, später dann in der Innenstadt eröffnete. Ich erinnere mich an einige wenige Besuche in den Räumlichkeiten ihrer Praxis, durch die eine ehrfurchtsvolle Strenge wehte, wo hinter verschlossenen Türen die Patienten empfangen und uns, meiner Mutter und mir, aus einem zierlichen blau-weißen Mokkaservice zwischen zwei Sprechstunden Kaffee serviert wurde. Die Porzellantassen waren so klein, der Kanneninhalt so überschaubar, dass ich als Kind den Eindruck hatte, vor Puppengeschirr zu sitzen. Meine Tante hatte so gar nichts Puppenhaftes an sich, aber als Einzige der Schwestern etwas verschüttet Graziles, das sich hier, innerhalb ihrer beruflichen vier Wände, zumindest in den Arbeitspausen dinglich zu verkörpern schien. Auch aus der Stuttgarter Paulinenstraße, wo sich die Praxisräume befanden, klang mir der Name eines Mädchens entgegen. Der Ort ihrer Berufsausübung verjüngte die Tante, verlieh ihr ein städtisches, im Wort Mokka mitschwingendes exotisches Flair.

Obwohl sie nicht unter demselben Dach wohnte,

war auch Tante Irene, die Jüngste der vier, stets mit dabei, wenn sich die Familie anlässlich unseres Besuchs um den runden Tisch in der Röckenwiesenstraße versammelte. Sie, die einzige Autofahrerin, kam mit ihrem silberfarbenen Audi aus Sillenbuch, wo sie, auch das in jenen Jahren noch aktiv, seit Anfang der Sechzigerjahre eine eigene Apotheke betrieb. Sie hatte im April 1945 ihr pharmazeutisches Examen bestanden, gleich danach eine Vertretung in Weinstadt übernommen und anschließend erst als Angestellte, später als Pächterin in einer Apotheke in Horb gearbeitet. Horb, das oft erwähnte Städtchen am Neckar, von dessen malerischer Seite ich damals nichts wusste, schien mir zu dieser Tante besonders gut zu passen, brauchte man doch nur einen Buchstaben auszuwechseln, um ihre hervorstechendste Wesensart zu umschreiben.

Wenn wir zur schwäbischen *Veschbr* zu sechst um den runden Tisch saßen, gab es Tee. Viel zu starken schwarzen Tee, den Tante Hanne in der Küche aufbrühte und in dem, war er erst einmal in den eigentlich crèmeweißen, aber immer leicht bräunlich marmorierten Arzberg-Tassen, *Fischle* in Form verirrter Teeblätter schwammen. Zum Süßen stand Kandiszucker bereit oder, je nach gesundheitlicher Selbsteinschätzung der Tischgäste, *Assugrin feinsüss*. Auf dem goldenen Blechdöschen, dessen Inhalt man damals noch unhinterfragt benutzte, sah man aus dem Nichts zwei weiße Zuckerwürfel in eine Tasse purzeln. Zog man den Schiebedeckel zur Seite, zeigten sich weiße, harmlos wirkende Pastillen, die dann tatsächlich so aussahen, wie sie hießen. Zum Tee wurde ein großer Korb mit *reesche Laugabrezla* oder *-weggla* vom *Nascht*, dem besten Bretzelbäcker der Stadt, gereicht; mit Butter, Käse und Aufschnitt. Mein norddeutscher, aber über beide Eltern schwäbisch sozialisierter Magen war glücklich. An Kuchen kann ich mich weniger erinnern, höchstens an den traditionellen schwäbischen Träubleskuchen, der laut meiner Mutter *zum Glück nicht so süß,* aber deshalb auch ein bisschen freudlos war. Während ich auf dem roten Sofa saß, neben mir entspannt plaudernd mein Vater, der sich nicht aufzuspringen bemüßigt fühlte, belegten die vier Frauen die türseitigen Stühle: Marianne, mit ihrem streng gescheitelten, zum Dutt gesteckten grauen Haar, Achtung gebietend zwischen dem Zeitungsständer mit den Merianheften und mir. Irene, die *ihr Däsch* nachlässig über die Stuhllehne geworfen hatte, das mittellange Haar leicht zerzaust, den Kopf meist schräg zur Seite gelegt, saß der Ältesten gegenüber auf der anderen Seite des Bruders, dem beider ungeteilte Aufmerksamkeit galt. Außer ihm waren sie, die studierten Schwestern, die Wortführerinnen. Immer wurde viel und laut geredet, temperamentvoll und gestenreich diskutiert. Meine Mutter hielt tapfer mit, während Hanne ihren Platz am runden Tisch vor allem dazu nutzte, kurz von der permanenten Hetze in die Küche zu verschnaufen.

Allerdings nie lange, denn nach einem beliebten Ausspruch meiner Mutter *liefen, wenn sechs Zimmerles am Tisch sitzen, mindestens sieben durch die Gegend.* Treffend beschrieb dieses Paradoxon aus der erlebten Wirklichkeit die erhebliche Rastlosigkeit während der Teestunden am runden Tisch. *Umtriebigkeit* hieß sie bei meinem Vater. Dieses Umtriebige konnte im Familienwortschatz sowohl positiv als auch negativ konnotiert sein, war aber in jedem Fall ein, wenn nicht das Attribut der Tanten. Es konnte sie auf bewundernswerte Weise zu ausgedehnten Wanderungen im Hochgebirge, aber eben auch zu einer familientypischen *Unart* verleiten: zum ständigen *Gruschdeln* in der Küche, wenn man eigentlich zusammensitzen oder auf gut Schwäbisch *tsammehocke* wollte. Auch meine Mutter schwebte in Habachtstellung über der Stuhlkante, um den Schwestern beizuspringen und damit einem dreifachen Impuls nachzugeben. Neben ihrer Hilfsbereitschaft nämlich der Sorge, sie lasse sich als Nichtberufstätige von den überaktiven Schwägerinnen bedienen, aber auch ihrer Neugier, in der Küche bestätigt zu finden, was sie immer schon vermutet hatte: dass im Haushalt der Tanten vieles im Argen lag und in Hannes Küchenlabor nicht alles mit rechten Dingen zuging. Später im Auto wurde dann gerne der an Elektrogeräten und Herdplatten haftende *Knaas* – die Mutter meiner Mutter war Rheinländerin – kommentiert oder die Tatsache, dass jede zweite Tasse genau wie die Tülle der ewig gleichen braunen Teekanne angekitscht war. Dass meine Mutter die bessere Hausfrau sein wollte, lag bei diesen Nachbesprechungen auf der Hand. Im Übrigen auch die Tatsache, dass mein Vater sie dafür hielt und die Ordnung der Dinge rundum wiederhergestellt sah, wenn er in Celle alles sauber und adrett vorfand. Die allseitige Sachbeschädigung, der eher unschwäbisch nachlässige Umgang mit *sei Sach,* war eine Folge der familieneigenen Hektik, von der mein Vater sich in seiner Ehe erholen wollte. Tassen mit Teerändern, abgesplittertes Porzellan oder gesprungene Schüsseln mochten bei seinen Schwestern zum Dekor gehören und billigend in Kauf genommen werden, zu Hause waren sie ihm ein Graus. Ich selbst mochte dieses Unvollkommene, das im Leben der Tanten Wichtigeres erahnen ließ.

Auch mein Cousin erinnert sich recht deutlich an die *versiffte, klebrige und ungeputzte* Tantenküche, in der in späteren Jahren durchaus auch *Kunststoffgerät* ins Backrohr geschoben worden sei, das dort nichts zu suchen hatte. Sogar die Köchin selbst, beziehungsweise ihr Morgenmantel, habe beim morgendlichen Nachrösten der Kaffeebohnen auf offener Gasflamme einmal um ein Haar Feuer gefangen. Natürlich hatte ich meine Mutter im Verdacht, im Hin und Her der umtriebigen Schwägerinnen zwischen Wohnzimmer und Küche mit sicherer Hausfrauenhand gelegentlich ein paar besonders unsympathische Fettecken weggewischt zu haben. Diesen stillen Triumph gönnte ich ihr. Dass ich intuitiv aber auch spürte, welches heimliche Kunststück meiner Mutter hier gelang, sehe ich an dem Assoziationsgebäude, das ich rund um die Stuttgarter Fettecken errichtet hatte. Lange hätte ich schwören können, dass sich die berühmte Begebenheit, bei der eine allzu beflissen wischende

Person eine Installation von Joseph Beuys (*Fettecke*, 1982) zerstört hatte, in der Stuttgarter Staatsgalerie zugetragen hatte. Wohl gab es dort einen Beuys-Raum mit Gummi, Filz und Holz und später eine 1972, in meinem Geburtsjahr, entstandene hyperrealistische Putzfrau aus Polyester von Duane Hanson, aber weder Fett noch Skandal. Schließlich war man im Land der Kehrwoche. In Wirklichkeit hatte das Malheur ein Hausmeister an der Düsseldorfer Kunstakademie zu verantworten gehabt. Es war eine Episode, über die mein Vater herzlich lachen konnte und die auch bei seinen Schwestern in den Achtzigerjahren Gesprächsstoff war. Ich kann mich an keinen anderen zeitgenössischen Künstlernamen erinnern, doch Beuys war Thema, polarisierte und provozierte. Gewiss hatte er in Augen der Tanten einen kleinen Sprung in der Schüssel, aber auch wenn sie ihn *scho arg spinnert* fanden, griffen sie doch neugierig seinen Debattenimpuls zum Wesen der Kunst auf. Später dann schälte sich meine hausfrauenstolze Mutter zusammen mit der Hanson-Putzfrau und der Beuys'schen Fettecke in einem plastischen Erinnerungsbild aus der Kulisse der Tantenwohnung.

Während also eifrig *vrzählt* und *ommandragpfurrt* wurde, saß ich auf dem roten Sofa unter den Ahnenporträts und aß Bretzeln. Es war schön zu erleben, wie sehr mein Vater das vertraute Zusammensein mit seinen Schwestern genoss. In meiner Erinnerung bin ich nur bedingt an den Gesprächen beteiligt, fürchtete möglicherweise, durch irgendeine unbedachte

Bemerkung einen Vorwurf der Tanten auf mich zu ziehen, der mir eigentlich unbegreiflich, unterschwellig aber fast umso gerechtfertigter schien: Ich sei *verwöhnt*. Dieses Adjektiv kann kaum einen materiellen Überfluss gemeint haben, der meinen Eltern fremd war, ebenso wenig, dass ich statt Bretzeln Sahnetorten verlangt, Langeweile demonstriert oder sonst in irgendeiner Weise gegen die aus meiner Sicht hochbetagte Gesellschaft aufbegehrt hätte. Auch mein Status als Einzelkind wird nicht der Auslöser gewesen sein, denn den Töchtern meines Cousins sollte es später nicht anders ergehen. Womöglich war es eine grundsätzliche Skepsis gegenüber den nachgeborenen Generationen, die es leichter und besser gehabt, die weder Krieg noch Aufbaujahre miterlebt hatten. Ausgesprochen wurde nichts dergleichen, doch das diffuse Ungenügen schmerzte. Die eigentliche Adressatin dieser Spitze wird allerdings meine Mutter gewesen sein, die Schwägerin, die nur ein Kind, keinen Beruf und somit Zeit genug hatte, ihrer Tochter alle Wünsche zu erfüllen. Verwöhnt bedeutete nun einmal unmissverständlich ver- und damit schlecht erzogen.

Tante Hanne, in der Wohnung mit Abstand die Umtriebigste von allen, war die Einzige der Tanten, die ich regelmäßig in Hosen sah. Das machte sie neben dem Küchenchaos, modern wäre zu viel gesagt, nahbarer als ihre Schwestern. Und nicht nur in Haushalts-, sondern auch in Kleidungsfragen zu einem Gegenpart meiner Mutter, die regelmäßig behauptete, Hosen stünden ihr partout nicht, Frauen seien nun einmal so gebaut, dass sie in Röcken besser aussähen. Die mütterliche Garderobe umfasste folgerichtig genau eine Hose, die entschuldigend hervorgeholt wurde, wenn es wirklich nicht anders, beispielsweise ins Gebirge ging. Ebenso wenig wie meine Mutter in ihrer Ehe die wirklichen, hatte Tante Hanne in der Lebensgemeinschaft mit ihrer Schwester die sprichwörtlichen Hosen an. Sie strahlte jedoch etwas Trotziges, fast Aufmüpfiges aus. Nach einem für meine Kinderohren etwas beklemmenden Ausdruck meines Vaters saß ihr *der Schalk im Nacken*. Mitunter kniepte sie mir verschwörerisch zu – undenkbar, eine solche Mimik bei Ärztin und Apothekerin – und lotste mich von den dozierenden Erwachsenen weg in den Flur zwischen Küche und Wohnzimmer, wo wir Verstecken oder »Kaiser, wie viel Schritte darf ich gehen« spielten, wobei Tante Hannes Kaiser kein Imperator, sondern ein urdemokratischer »Jakob« war. Im Flur konnten wir beide Kind sein.

Das Sofa mit der großzügig geschwungenen Rückenlehne, den Quasten an den Armlehnen und dem Samtbezug in Altrosa steht heute bei uns neben der Tischtennisplatte im Keller. Die Generation der Großneffen und -nichten legt achtlos die Schläger darauf ab, und wenn sich jemand auf das gute Stück fallen lässt, steigt in einer kleinen Wolke der Staub von Jahrzehnten auf. Für ein heutiges Wohnzimmer ist es viel zu raumgreifend. Ein Clan-Möbel, auf das vier beleibte oder fünf bis sechs zartere Mitglieder der Sippschaft passten. Ein Möbel, das vereinte, aber die darauf Vereinten auch trennen konnte. Etwa von den auf die Stühle oder an den Katzentisch verbannten Angesippten.

Ab Anfang 1953, knapp zwanzig Jahre vor meiner Geburt, hatten meine Eltern drei Jahre lang in Kolumbien gelebt. In eng beschriebenen Luftpostbriefen aus jenen Jahren sehnte sich mein Vater, der dieses Vorhaben ohne die Unterstützung seiner Schwestern niemals hätte umsetzen können, immer wieder nach den Stunden auf dem roten Sofa. Auch damals schon stand es *über Eck* in seinem Elternhaus in der Hasenbergsteige. Selbst nach dem Tod beider Eltern, 1941 und 1949, blieben Marianne, Hanne und Irene noch jahrelang dort wohnen. Diese Sofastunden waren für den Weitgereisten *Quellen von ungetrübter Heiterkeit*, Inseln lebendigen gegenseitigen Erzählens und familiärer Wärme: *Ihr Lieben alle am runden Tisch!*, eröffnete er im Dezember 1956 seinen Weihnachtsbrief aus der Ferne. Und so muss noch dreißig Jahre später ein Funke der väterlichen Behaglichkeit unwillkürlich auf mich übergesprungen sein.

Am Katzentisch

Sie saß in Stuttgart selten mit am runden Tisch: die drittälteste Schwester, Hilde. Meine Lieblingstante. Sie *hatte Zucker*, allein das machte sie in meiner kindlichen Vorstellung lebenslustig, vertraut mit verbotenen Genüssen. Hilde lebte damals noch in Ravensburg, wo sie in der Bügelküche des Kinderkrankenhauses Sankt Nikolaus unter der Leitung von Ordensschwester Hartwigis arbeitete und anschließend ihren Ruhestand verbrachte. 1911 geboren, war sie während des Ersten Weltkriegs an einer Hirnhautentzündung erkrankt, die damals weder heil- noch therapierbar war. Auf einem Familienfoto der sechs Geschwister schaut sie, ungefähr acht Jahre alt, hinter den dicken Brillengläsern der Kurzsichtigen verschmitzt in die Kamera. Die Krankheit hatte bleibende Schäden im Gehirn verursacht, was meinen Cousin später zu der mitleidigen Feststellung veranlasste, Hilde sei trotz allem bis zur 5. Gymnasialklasse *durchgeprügelt* worden, während von ihrer eigenen Mutter der Ausspruch überliefert ist: *I hen alles, von ganz g'scheit bis ganz dumm.*

Nachdem Hilde von der Schule abgegangen war, half sie erst im Haushalt der Eltern, dann in dem der Schwestern, bis sie nicht mehr einfach *mit'gschleift* wurde, sondern ein paar Mal *in Anstellung* war, darunter als Haushaltshilfe bei einem Zahnarzt in Waldstetten, der sie angeblich auf unschöne Weise ausnahm. Immerhin verdiente sie nun zum ersten Mal ihr eigenes Geld, über das sie, schließlich galt sie als *a bissle bschränkt*, allerdings nicht unbegrenzt verfügen konnte. Im Namen der christlichen Dreieinigkeit verwaltete zunächst Schwester Hartwigis, im Namen der schwesterlichen später dann Irene ihre Finanzen. Jedes Mal, wenn Hilde im Ruhestand eine Pilgerfahrt nach Lourdes oder Rom unternehmen wollte, musste sie ihre jüngere Schwester um die Reisekosten bitten. Glücklicherweise durfte sie aber auch in regelmäßige Zugfahrten nach Celle investieren, und ich erinnere mich an das warme, heimatliche Gefühl, wenn ich Hilde mit forschem Gang, eine prall gefüllte Tüte Laugenbretzeln an sich gepresst, auf dem Bahnsteig erblickte. Hilde nahm das Leben mit heiterer Gelassenheit, machte stets einen zufriedenen Eindruck und das Beste aus dem Wenigen, das ihr vom Schicksal und ihren Mitmenschen zugestanden wurde. Sie, der man oft genug ihr Ungenügen vorgehalten hatte, ließ mich selbst keines spüren. Vermutlich verzieh ich ihr allein deshalb den grandiosen Fauxpas, sich in meinem Kinderzimmer eines Tages versehentlich auf meine Schmusedecke gesetzt und binnen Sekunden deren Geruchshaushalt aus dem Gleichgewicht gebracht zu haben. Ich weinte heiße Tränen und muss im Nachhinein inständig hoffen, dass Hilde sich darüber nicht grämt und auch innerlich mit unerschütterlicher Souveränität reagiert hatte.

Keine der anderen Tanten hätte sich je in mein Kinderzimmer gesetzt. Sich im übertragenen wie im wörtlichen Sinne dazu herabgelassen: Abgesehen von Großereignissen wie meiner Erstkommunion kann ich mich an keinen einzigen Besuch von Marianne, Hanne und Irene im norddeutschen Flachland erinnern. Ihre Umtriebigkeit zog sie, wenn nicht auf die Schwäbische Alb, geradewegs in und über die Alpen hinaus. Hilde aber kam und blieb. Hilde verstand es, wie Tante Lila, die Veilchen stickende Tante, still zu sitzen und beschaulich zu sein. Stundenlang harrte sie friedlich an ihrem Fensterplatz aus und bestickte hinter unverändert dicken Brillengläsern Tischdecken und dazu passende Servietten. Wenn sie über die meist Richtung Nasenspitze verrutschte Brille sah, fiel ihr Blick auf das Deutsche Stickmustermuseum, neben dem wir in Celle wohnten und das mit Sicherheit die eine oder andere Tantenarbeit aus alten Zeiten verwahrte. Vorsorglich hatte meine Mutter pünktlich zu Hildes Eintreffen eine ihrer früheren Handarbeiten auf dem Esstisch ausgebreitet und meinen Vater gebeten, sich seine Überraschung nicht anmerken zu lassen. Meiner Mutter muss es mit Hilde ähnlich gegangen sein wie mir: Von dieser Schwägerin war nicht einmal ein unausgesprochener Vorwurf zu erwarten, nur herzliche Dankbarkeit und eine stille Ausgelassenheit, die sich auch dem Umstand verdanken mochte, dem Herrschaftsbereich der Schwestern entzogen zu sein. Hilde ist die Einzige, die ich auf einem Tantenfoto innig umschlungen halte. Anlässlich einer Fußballweltmeisterschaft, es muss 1978 gewesen sein, soll ich im wilden Lauf durchs Wohnzimmer bei einem verunglückten Passspiel mit der rundlichen Tante eine Bodenvase neben dem Fernseher zerschossen haben. Auf ihrem eigenen Bildschirm blieb die Außenwelt für Hilde allerdings eintönig. Irgendwann hatte der Schwesternrat beschlossen, ein Fernsehgerät für sie anzuschaffen, entschied sich mit dem faktisch überlieferten Argument *Für Dumme tut's auch Schwarz-Weiß* aber für ein in jeder Hinsicht sparsames Auslaufmodell; ein Erbstück der frommen Fürsorgerin Tante Therese.

Mein zwanzig Jahre älterer Cousin erinnert sich, als Kind mehrfach mit Hilde in die Stuttgarter Wilhelma und anschließend zum Kuchenessen ins Café Königsbau gegangen zu sein. Vor allem aber daran, dass er bei den Tanten zusammen mit seiner Schwester und Hilde am Katzentisch saß; auch seine Töchter sollten später mit ihrer Mutter dort platziert werden. Vermutlich kann ich mich deshalb nicht an diesen Statistentisch erinnern, weil ich meist das einzige Kind war und Hilde in späteren Jahren nur selten in die Röckenwiesenstraße kam. Bei Elsa Beskow sitzt nicht nur der Pudel auf einem lilafarbenen Kissen sittsam an der Kaffeetafel: Auf ihr thront eine Katze, die unter dem wohlwollenden Blick von Tante Grün Milch von einer Untertasse schlabbert. Keine meiner Tanten war eine der sprichwörtlichen femmes à chat, deren altjüngferliches Trachten sich bösen Zungen zufolge ausschließlich auf ihre Vierbeiner konzentriert. Ob Katzen oder Hunde – Haustiere waren, auch außerhalb der Tischgesellschaft, bei meinen Tanten undenkbar. So naturliebend sie waren, von der belebten Natur ließen sie nur Pflanzen gelten. Tiere wurden erst dann bewundert, nachdem sie in die unbelebte Natur eingegangen waren: Löwen auf den romanischen Kapitellen in Vézelay, Hähne und Schildkröten in den Fußbodenmosaiken von Aquileia, Zwitter- und Fabelwesen an der Kirchendecke in Zillis. Sie brauchten eine symbolische Überhöhung, um Anerkennung zu finden, im Idealfall sogar einen Stellenwert in der christlichen Ikonografie. Tiere als Gefährten kamen im Weltbild der Tanten nicht vor. Während Kinder und Tiere in Elsa Beskows Universum den Tisch der Erwachsenen teilten, schoben die Schwestern Hilde, zeit ihres Lebens ein bloßes Anhängsel, weg vom roten Sofa in die vermeintliche Unmündigkeit. In einem harschen Ton wurde sie bei Bedarf in die Küche abkommandiert, wogegen sie sich im Übrigen durchaus gewitzt zur Wehr setzte. Im Sprachgebrauch und dem hierarchischen Familienkonstrukt blieb Hilde indes auch im hohen Alter noch das *arme Hascherl*.

Dass sie damit gnadenlos unterschätzt wurde, war ihr vielleicht als Einziger der Schwestern klar. Und diesen Vorsprung nutzte sie für eine wohlverstandene Narrenfreiheit. Immer wieder gab sie sich ihre Würde selbst zurück. In der Familie ist ein Waldspaziergang überliefert, auf dem die drei studierten Mediziner – Marianne, Irene und Bruder Karl-Eugen – die Kopfgruppe bildeten und über die Zukunft der zurückgebliebenen Schwester beratschlagten. Es war angedacht worden, dass Hilde bei Irene in Sillenbuch unterkommen solle, bis man, aus Angst, Hilde könne im Ort womöglich *rumbatschen*, den Plan fallen ließ. So blieb von diesem Vorhaben lediglich ein lieblos eingerichtetes, düsteres Dachschrägenzimmer mit einem tieftraurigen Bild des Gekreuzigten. Diese Kammer, aus der alles Leben gewichen schien, wurde de facto jedoch nur als Gästezimmer genutzt. Hilde nämlich, die zusammen mit Karl-Eugens Frau Maria als Schlusslicht folgte, soll ihrer Schwägerin hinter dem ärztlichen Konsilium zugeraunt haben: *Woischt Maria, da hen i scho lang vor'gsorgt.* Gemeint war, dass sie sich bereits freiwillig im Altersheim angemeldet hatte. Hinter ihren dicken Brillengläsern war Hilde mit einer ganz eigenen Weitsicht gesegnet. Wie die Mergentheimer Urtante Therese hatte sie sich mit dem wenigen Selbstverdienten ihren Altersplatz gesichert, sich ein Stück weit aus der schwesterlichen Bevormundung losgekauft. Viel Bewegungsfreiheit hatte sie nicht, aber sie entzog sich doch, wo sie konnte, geschickt der systematischen Fremdbestimmung. Hilde, die kaum Schriftliches hinterlassen hat, die nicht laut um die Wette palaverte, die kein bevorzugtes Motiv der Familienfotografen war, Hilde – ich wollte es ihr zurufen und bitte sie, mir diese letzte Fremdbestimmung nachzusehen – soll die Erste sein im Porträtreigen der Tanten.

Der
Blaue Weg

Spazierengehen, Wandern, Bergsteigen, Klettern galten in meiner Vaterfamilie nicht etwa als Freizeitbeschäftigungen oder gar Sport, es waren Tugenden. Und *festes Schuhwerk* das Modeaccessoire par excellence. Meine Mutter war eifrig darauf bedacht, selbiges im Kofferraum oder schlicht im Koffer parat zu haben, um gegenüber den Schwägerinnen ja nicht abzufallen. Vielleicht waren mir die Teestunden auf dem roten Sofa auch deshalb nicht unlieb, weil ihnen in der Regel kein *kleiner Gang* folgte. Anders um die Mittagszeit. Auch wenn ich mich an keine Mahlzeit in der Röckenwiesenstraße erinnern kann, müssen wir doch gelegentlich zum Mittagessen dort oder in einer *Wirtschaft* zusammengekommen sein, denn nur das konnte Tante Hannes bedrohliches Diktum rechtfertigen: *Nach dem Essen sollst Du ruh'n oder tausend Schritte tun.* Bedrohlich insofern, als das Ruhen reine Theorie und es nie bei tausend Schritten blieb. Rückblickend stelle ich mir vor, dass ich in Bezug auf das Laufen meine Unlust wohl besonders schlecht verbergen konnte. War ich in Augen der Tanten den überlieferten Gewohnheiten abhandengekommen, entfremdet worden, und galt auch deshalb als ver-wöhnt? Der Vater der Tanten, mein dreiundzwanzig Jahre vor meiner Geburt verstorbener Großvater, war ein passionierter Wanderer und hervorragender Pilzkenner gewesen. Die Pilztradition schien sich über meinen Onkel, dessen Sohn und meinen Vater vor allem auf der männlichen Linie fortgesetzt zu haben, die Laufbegeisterung mindestens ebenso ausgeprägt auf der weiblichen. Sie war Familienbrauch, ein Erbe, das gepflegt und hochgehalten werden wollte.

Dabei war das, was wir in Stuttgart taten, das Allerniedrigste, Elementarste auf der Tugendskala. Wir liefen meiner Erinnerung nach meist den Blauen Weg entlang, der als Teilstück des sogenannten Blaustrümpflerwegs direkt über die Hasenbergsteige zu erreichen ist und eine spektakuläre Aussicht über den Stuttgarter Westen bietet. Einer Sage nach sollen die Bürger des Stadtteils Heslach im 16. Jahrhundert den vertriebenen Herzog Ulrich verraten haben und daraufhin gezwungen gewesen sein, im Sonntagsgottesdienst blaue Strümpfe zu tragen. Dass mindestens zwei meiner Tanten im 19. Jahrhundert noch als Blaustrümpfe bezeichnet worden wären, verleiht diesem Höhenweg nachträglich einen besonderen Reiz. Dass der Wanderweg heute mit kleinen blau-weißen Strumpfpiktogrammen gesäumt ist, hätten sie vermutlich albern gefunden.

Vergeblich versuche ich, meine heutigen Recherchen mit meinen fragmentarischen Erinnerungen in Übereinstimmung zu bringen. In meinem Kindheitsgedächtnis sind von den gemeinsamen Spaziergängen vor allem die plastischen Worte Blauer Weg, Hasenberg und Waldhaus haften geblieben. Aber führte der Weg tatsächlich auch zu dem erinnerten Waldhaus? Brauchte ich damals nur ein Ziel vor Augen, denn welches Kind läuft schon gern um der frischen Luft und der Gesundheit willen? Fabulierte ich gar gänzlich ins Blaue, indem ich mich wie im Grimm'schen Märchen den drei Schwestern zu dem alten Mann ins Waldhaus folgen sah? Mein Waldhaus jedenfalls, eine im Jahr 1900 eröffnete Stuttgarter Institution auf dem Hasenberg, die 2008 schließen musste, sechs Jahre später zwangsversteigert wurde und seither von einem neuen Besitzer ebenso end- wie lieblos saniert zu werden scheint, hatte etwas Oasenhaftes, denn dort *kehrte man ein.* Mit dem hier nur aufgesetzten, doch aus Celle wohlvertrauten Fachwerkgebälk winkte das Ausflugslokal in prominenter Höhenlage wie ein kleiner Leuchtturm auf dem Trockenen mit stadtbekanntem Kuchen oder schwäbischer Vesper. Eine Stärkung im Waldhaus war synonym mit einem Gang *zum Lemme,* wie der legendäre Gaststättenbesitzer hieß, der gleichzeitig Maler und Poet war, vor seinen Gästen mit Gedichten auftrat und eigene Gemälde im Restaurant ausstellte. Atmosphärisch schien das Waldhaus seit den Sechzigerjahren in einen tiefen Schlaf verfallen zu sein. Die drei Schwestern, meine Tanten, begrüßte Günther Lemme natürlich namentlich, und mit Handschlag.

Nach dem Tod der Tanten war ich nur noch selten im Stuttgarter Westen und noch seltener in der Röckenwiesenstraße. Ganze zwei Mal vielleicht, um aus der Fülle des angehäuften *Gruschds* einen angemotteten Teppich, ein Ahnenbild, ein paar der immer weniger weißen Fischletassen zu bergen. Dinge, von denen Liebgewonnenes wieder aufstieg. Unlängst stehe ich noch einmal vor dem Tantenhaus, um möglichen Wegen und meinem Gedächtnis nachzugehen. Von der Röckenwiesenstraße aus, nach aktuellen Immobilienstandards »beste Stuttgarter Lage«, überquere ich die Osianderstraße, erklimme die steile, baumreiche Buchenhofstaffel, biege rechts in die Hasenbergsteige ein und laufe an Villen und Mehrfamilienhäusern vorbei bis zur Ruine des Hasenbergturms. Meine Tanten hatten ihn noch als stolzen, zinnenbewehrten Aussichtsturm erlebt, bis er im Krieg für feindliche Bomber interessant und infolgedessen 1943 von der SS zu einem Stumpf gesprengt worden war. Ernüchtert sehe ich auf Höhe der Hasenbergsteige 105 das Waldhaus: eine eingezäunte, matschige Baustelle, mit Pappe verbarrikadierte, seelenlose Fenster. Weder märchen- noch oasenhaft.

Mein Weg dorthin hat genau dreizehn Minuten gedauert, kann also durchaus meine erinnerte Erleichterung, nicht aber die sportlichen Ambitionen der Tanten erklären. Etwas plausibler, wenn auch nach wie vor ohne Gewaltmarschcharakter, ist die vierundzwanzig Minuten lange Variante über den Blauen Weg, bei der ich in einem neuen Anlauf die Hasenbergsteige überquere, dann in den nur knapp einen Kilometer langen Höhenweg einbiege und das Waldhaus aus der genau entgegengesetzten Richtung erreiche. Vom Blauen Weg aus öffnet sich ein weiter Blick auf Heslach, über liebevoll gepflegte Schrebergärten, verwilderte Reben, auf Obstwiesen, wo jetzt im Herbst die eine oder andere Leiter an den Bäumen lehnt. Verwunschene Gartenhäuser, auf der Hangseite eine stützende Mauer, allenthalben steile Stäffele. Das Auge ist ständig gefordert: eigentlich ein idealer Kinderweg, abwechslungsreich und sinnenfroh. Ich hatte mir sagen lassen, dass es sich beim Aufstieg über den Blauen Weg um einen besonders anspruchsvollen Abschnitt des Blaustrümpflerwegs mit einem beträchtlichen Höhenunterschied handle. Und tatsächlich merke ich, dass Flachländler in der berühmten Halbhöhenlage Stuttgarts schon lange nicht mehr spazieren gehen, sondern mindestens bergsteigen, wenn nicht klettern. Natürlich bin ich mit dem falschen Schuhwerk unterwegs und denke an die uncharmanten Tantenschuhe, die ich als Kind eher dem Sanitätshaus als einer Boutique zugeordnet hatte. Praktische, naturfarbene Schuhe, die sie vom Gewusel am runden Tisch ohne jede Umschnürungsetappe direkt nach draußen trugen, während meine Mutter erst im Kofferraum nach den verdächtig neu aussehenden Wanderschuhen kramen musste. Wie auch immer wir diesen Weg genommen haben, in der kürzeren oder der längeren Variante, ja, zumal wenn wir hin und wieder zum Abendessen mit dem Auto hochgefahren sind: Das Laufprogramm der Tanten erscheint mir rückblickend eher kind- und schwägerinnengerecht gewesen zu sein. Und womöglich bildete der Blaue Weg zusammen mit dem Waldhaus und der Hasenbergsteige auch deshalb eine feste Einheit in meiner Erinnerung, weil die Tanten und mein Vater hier einen Rundweg gingen, der sie an den wichtigsten Stationen ihres Stuttgarter Lebens entlangführte.

Schließlich war die Hasenbergsteige nicht nur eine von schmucken Villen gesäumte Etappe unserer Spaziergänge, sondern ein zentraler Familienort. In den Dreißigerjahren waren die Tanten, damals schon erwachsene Frauen, zusammen mit ihren Eltern dort in die Nummer 4 gezogen. In ein Haus, das ganz unten an der Steige lag, wenige Schritte vom Gänsepeterbrunnen entfernt, den gediegenen Stadthäusern der gleich dahinter beginnenden Hasenbergstraße deutlich verwandter als den stolzen Hangvillen. Biegt man am *Brünnele* vorbei links in die Reinsburgstraße mit ihren schlichten Gründerzeitbauten ein, gelangt man nach fünf Minuten an das Haus, Reinsburgstraße 85, in dem mein Vater und seine Schwestern aufgewachsen waren. Direkt über dem aus Erzählungen lebendigen *Bäcker Hummel*, den ich mir als Kind pausbäckig und emsig wie den Oberengel einer Himmelsbäckerei dachte. Geht man schließlich die Reinsburgstraße weiter bis zur Rotebühlstraße, winkt nach wenigen Minuten am Eck wieder das Bretzelschild vom *Nascht*, das linkerhand, an einem Spielplatz vorbei, den Weg ins frühere Tantenhaus in der Röckenwiesenstraße weist. Marianne und Hanne hatten sich also für ihren letzten, langen Lebensabschnitt eine gemeinsame Wohnung gesucht, die nur einen Steinwurf von beiden

Elternwohnungen entfernt lag. Schon für sie, wie auch für meinen auf diesen Wanderungen stets präsenten Vater, mögen das Waldhaus und der Blaue Weg Chiffren einer immer ferneren Kindheit gewesen sein, Stationen regelmäßiger Pilgerwege in die Vergangenheit. Vielleicht erinnern wir Gewohnheiten, Begebenheiten, Orte auch dann besonders eindringlich, wenn wir als Kind das Verwachsensein uns naher Menschen mit ihren Lebensstationen spüren? Als nähme das kindliche Gemüt die elterliche Vorprägung dankbar auf, als schriebe sich umso tiefer ein, was wir unbestimmt bei anderen als prägend empfunden haben. Trotz des mühsamen Aufstiegs und der spröden Tantenbegleitung muss sich auf diesen Erinnerungswegen in meine kindliche Unlust jedenfalls auch viel von der väterlichen Familienlust gemischt haben.

In der Kindheit meiner Tanten fuhr man sonntags noch *ins Blaue*. Ein Brief meines Vaters aus Bogotá beschwört scheinbar ungetrübte Erinnerungen an *Vogelausflüge mit Vater und Herrn Schwarz und den damit fast zwangsläufig verbundenen Ohrfeigen* oder die *sonntäglichen Wanderungen des ›Schleichklubs‹ auf die Fildern oder ins Siebenmühlental.* Mit dem Schleichklub, der so hieß, weil die Teilnehmer *bloß durch d'Gegend tappe,* unternahmen meine Großeltern mit Stuttgarter Bekannten und Verwandten noch in den Dreißigerjahren regelmäßige Sonntagsausflüge ins schwäbische Umland. Ein Foto, auf dem sich allein mein Großvater mit Rucksack und Knickerbockern in zünftiger Wanderkluft präsentiert, während die Damen in Kostüm oder Mantel stecken, dokumentiert einen *Pfingstausflug* nach Mainhardt. In Briefen meines Großvaters an seine Älteste kommt eine Sonntagswanderung von Degerloch nach Möhringen vor, mit anschließender Einkehr im »Ochsen« und Rückweg über Kaltental bis zur Seilbahn, mit der die kleine Gesellschaft den restlichen Heimweg zurücklegte; oder *ein kleiner Marsch* von der Bahnhaltestelle Pragwirtshaus über den Burgholzhof nach Zuffenhausen in den »Adler«. Was er mit diesen Stationen verband, ist für mich heute schwer nachzuempfinden, seine Briefe bleiben nüchtern beschreibend. Und es lässt sich nur mutmaßen und hoffnungsvoll ahnen, dass seine Schilderungen bei der Adressatin, meiner damals schon erwachsenen Tante Marianne, sprechende Erinnerungen an Ausblicke, Farben, Gerüche, vielleicht sogar Gespräche weckten.

Die Tradition der Sonntagsausflüge wahrten die Tanten bis ins hohe Alter. Dabei kamen die drei Stuttgarter Schwestern, Marianne, Hanne und Irene, zusammen, oft begleitet von unverheirateten Bekannten oder Basen. Tante Irene fuhr in meiner Kindheit einen Audi, hatte aber in früheren Zeiten einen weißen 6 Volt-Käfer besessen, mit dem sie die Gefährtinnen auf die Schwäbische Alb, etwa zur Reiterleskapelle bei Wißgoldingen oder in die katholische Enklave Weil der Stadt kutschierte. Vom *wiaschtgläubigen* Schwäbischen Wald hielten sich die Tanten eher fern. Irenes Fahrstil war unverwechselbar energisch und unsanft. Wenn mein Vater meine Mutter zur Verzweiflung und mich

zum Lachen bringen wollte, ahmte er seine Lieblingsschwester am Steuer nach, klemmte sich mit durchge-
drücktem Rücken hinter das Lenkrad und trat mit dem
Fuß stakkatoartig aufs Gaspedal. Ihren weißen Kä-
fer schenkte Irene um 1970 meinem Cousin als erstes
Auto, mit dem nun er die Tanten oft zu gemeinsamen
Ausflügen mitnahm.

Sobald die Zeit aber zu mehr reichte als zu einem
Nachmittagsspaziergang oder zu einem Sonntagsausflug, zog es die umtriebigen Schwestern in die Berge:
Engadin, Tessin, Wallis, Dolomiten, so die klangvol-
len Namen, die in meiner Kindheit ehrfurchtsvoll als
Reiseziele der Tanten zitiert wurden, ohne dass ich ihnen viel abgewinnen konnte. Am Rand der Lüneburger Heide geboren, ist mir bis heute ein weiter Himmel lieber als das beklemmende Gebirge, strahlte das
Meer schon damals mehr Sinnenfreude aus. Für die
reisenden Tanten, scheint es mir, gab es solche Grund-
satzfragen nicht: Die Berge waren Familientradition.
Mögliche Debatten, unterschiedliche Vorlieben dran-
gen nicht nach außen. Wechselten sie sich mit der Bestimmung ihrer Reiseziele demokratisch ab? Trafen
sie mehrheitliche Entscheidungen oder war es auch
in diesem Punkt Marianne, die als Älteste bestimmte,
wo es lang ging? Sie fuhren gemeinsam weg, schauten
unterwegs gemeinsam in die Kamera und kamen gemeinsam wieder zurück. Eine der wenigen Fotografien, auf denen die Tanten in einer nicht-verwandt-
schaftlichen Männerbegleitung zu sehen sind, zeigt
Marianne und Hanne im Sommer 1959 zusammen mit

dem legendären, den Schwestern zeitlebens eng verbundenen Bergführer Larcher im Tiroler Kaunertal.
Aus einem Karton voller ungeordneter Fotos, Ansichtskarten und kleinerer Notate fällt mir, sorgfältig in einem grünen Metalletui aufbewahrt, Mariannes Glet-
scherbrille aus den Fünfzigerjahren in die Hand. Mehr
Rüstung als Ausrüstung, mit der sie einem neugieri-
gen Insekt geglichen haben muss und ihren wachen,
aber scheuen Blick verbergen konnte.

Als Studentin schickte Marianne im September 1932
aus Steinach am Brenner eine begeisterte Postkarte an
die Familie in der Reinsburgstraße und ließ sie an ihrer
Kletterfreude in den Zillertaler Alpen teilhaben. Eine
Tour, die heute »für anspruchsvolle Gipfelsammler«,
»für erfahrene und fitte BergsteigerInnen« angepriesen
wird. Marianne beschränkte sich auf eine schlichte
Beschreibung: *Unsere Hochtouren sind wohlgelungen. Auf
den Olperer folgte das Stubai. Wir marschierten am 1. Tag ab
Steinach durchs Gschnitztal auf Brenner- und Nürnberger-
hütte. 2. Tag (mit Führer) über den Wilden Freiger aufs Be-
cherhaus (Rifugio Regina Elena); wo wir 3200 m hoch bei Blitz
und Donnerschlag übernachteten. 3. Tag strahlend schön
über Müllerhütte (auch ital.) auf den Wilden Pfaffen und aufs
Zuckerhütl, 3500 m, höchster Berg der Stubaier, mit schönem,
großem Gletscher, dann über die Dresdner Hütte Abstieg ins
Tal nach Ranalt, wo wir über Nacht blieben. Heute früh Fahrt
nach Fulpmes, von wo aus ich per pedes über Maria Wald-
rast heimmarschierte nach Steinach, während Onkel mit dem
Auto fuhr, aber erst nach mir eintraf. Es war so wunderschön
hoch oben auf den Bergen, dass ich ganz unglücklich bin, dass*

es für mich nun zu Ende sein soll. Jene Herzenssache, das Bergsteigen, schaffte es unter kuriosen Umständen Jahre später sogar auf Mariannes Entnazifizierungsbogen, den sie als Anwärterin des NS-Ärztebundes und Mitglied in der Nationalsozialistischen Volkswohlfahrt ausfüllen musste. Am 12. April 1946 vermerkte sie in der Rubrik »Mitgliedschaft in einer der angeführten Organisationen« unter »Andere« wahrheitsgemäß: Deutsch-Österreichischer Alpenverein.

Tatsächlich schwelte eine unerbittliche Rivalität zwischen der bergbegeisterten Vaterfamilie und allen *Flachländlern*, zu denen sogar meine ebenfalls aus Stuttgart stammende und immerhin in der Pfalz aufgewachsene Mutter zählte. Sicher konnte der Pfälzerwald als Nahausflugsziel nicht mit der Schwäbischen Alb konkurrieren, in der meine Tanten ihre Wanderlehrjahre verbracht hatten und von deren Gipfel, dem Lemberg, bei klarer Sicht die Alpen zu erkennen waren. Stets sahen sie ein bisschen auf ihre Schwägerin herab, die im Leben nicht sonderlich hoch hinauswollte. Andererseits passte es ihnen aber auch gut ins Konzept, dass die Bruderfrau spürbar an einer leichten Höhenangst litt. Von meiner Mutter habe ich in Erinnerung, dass sie sanft federnde, schattige Waldwege ohne nennenswerten Anstieg liebte. Auf wegsamem Gelände konnte sie sich, die ungeliebten Hosen war dafür entbehrlich, stundenlang in knielangen Röcken und stiller Freude ergehen. Es war also keine Frage der Ausdauer. Doch diese geruhsame Fortbewegungsart war in Augen der Tanten keine ernstzunehmende Tugend, und so stand meine Mutter zeit ihres Lebens den Schwägerinnen gegenüber in der Bringschuld. Im August 1952 erkundigte sich mein Vater, damals noch alleine in Kolumbien, bei dem Stuttgarter Schwesternkollektiv nach dem Besuch seiner Zukünftigen, die auf der Durchreise nach Bozen in Stuttgart Halt gemacht hatte und hoffentlich den *Reiserat* der mit Südtirol so wohlvertrauten Schwestern eingeholt habe. Dann der ebenso rührende Wunsch, der bereits im Keim als ein frommer zu erkennen ist: *Es wird ihr gut tun, und sicherlich wird sie ebenso viel Freude an den Bergen haben wie wir.* Gut zwei Monate später schrieb er, und ich ahne, dass der Vaterwunsch womöglich vor allem der Vater des Gedankens ist: *H kam ja auch ganz selig aus den Alpen zurück und wird bestimmt auch ein solcher Bergfex werden, wie es alle Z's sind.* Meine Mutter schlug sich tapfer und konnte bald sogar eine Erfahrung aufbieten, mit der sie gleichsam außer Konkurrenz war. Ende August 1955 berichtete sie den Schwägerinnen von *einer Gebirgstour, bei der wir Euch ganz besonders gern in unserer Gesellschaft gewusst hätten. Wir bestiegen mit Bekannten einen 3.500 m hohen Berg in der Sabana von Bogotá, der von Osten ziemlich gemächlich aufsteigt, gegen Westen dann aber fast senkrecht steil abfällt. Vier Stunden dauerte der Aufstieg und die letzten paar hundert Meter waren wegen der Höhe doch sehr anstrengend, sodass man nach zehn Schritten immer wieder stehen bleiben musste, um Luft zu schnappen.* Nach der schwärmerischen Beschreibung des Gipfelblicks ergänzt meine Mutter, selbst mein Vater habe abends eingeräumt, *dass ihn die Tour sehr angestrengt habe und dass hier derartige Unternehmungen doch noch weitaus schwieriger seien als ähnliche Gebirgstouren in Deutschland. Wie hoch sind eigentlich die Berge, die Ihr so zu besteigen pflegt? Ich bewundere Euch ehrlich und hätte am anderen Tag bestimmt keinen Jabalzo – so hieß unser Berg – mehr besteigen können!*

Als meine Eltern nach insgesamt sechs Jahren in Kolumbien und Kalifornien Ende der Fünfzigerjahre an den Südrand der Lüneburger Heide zogen, galt meine Mutter insgeheim gewiss als endgültig verflacht. Auch wenn sie ihr Leben lang dagegen anlief, konnte sie sich zwischen Kiefern und Sandbirken nie mehr zur Bergfexin hocharbeiten. Als höchste Erhebung der Norddeutschen Tiefebene war mit dem knapp 170 Meter hohen Wilseder Berg nicht viel herzumachen. Allein der Stuttgarter Hausberg, der direkt neben dem Stadtteil der Tanten aufragende Birkenkopf, war über 500 Meter hoch. Nach dem Krieg war er mit den Trümmerresten aus dem Zweiten Weltkrieg um grausige 40 Meter aufgeschüttet worden und hieß im Volksmund seither *Scherbelino.* Als Kind machte die Geschichte dieses künstlichen Berges einen tiefen Eindruck auf mich. Ich stellte mir vor, wie die Tanten vor dem Scherbenhaufen ihrer Heimatstadt gestanden, wie sie mitgeholfen hatten, Scherbe um Scherbe zusammenzutragen, aufzuschichten, sich aufzuladen, in einem nicht enden wollenden Sisyphuswerk himmelwärts zu karren. Fast so, als hätten sie sich ihren eigenen Berg geschaffen.

Bally
und Bogner

Die Aufnahmen, die aus meinen Erinnerungsjahren von den Wanderungen der Tanten überliefert sind, zeigen sie in etwa so, wie von den Töchtern meines Cousins unlängst beschrieben: mit *schlammfarbener Kleidung*, *fleischfarbenen* Stützstrümpfen, *Mephistoschuhen* oder wahlweise *schlammfarbenen Schuhen mit Blockabsatz*. Außer Hanne schlüpfte auch Irene aus Gründen der Zweckmäßigkeit auf Ausflügen wohl ab und zu in eine braune Hose. Dazu wurden Umhängetaschen getragen, keine Rucksäcke. Alles in allem eine durchaus nachvollziehbare Kleiderordnung für unternehmungslustige sechzig- oder siebzigjährige Damen, die mit Liedern – *Grün, grün, grün sind alle meine Kleider* – und Bewegungsspielen – *Ein Hut, ein Stock, ein Regenschirm* – die Mädchen bei der Stange zu halten versuchten und ein bisschen Farbe und Schwung in die verordneten Laufeinheiten brachten.

Meine Großnichten zielten mit ihrer Beschreibung allerdings nicht nur auf die Wanderkluft der Tanten, die für sie auch in anderen Lebenslagen dem graubraunen Erscheinungsbild praktisch gekleideter Seniorinnen entsprachen. Immerhin erlebten sie, beide Mitte der Achtzigerjahre geboren, ihre Großtanten mit

Ausnahme der bereits 1990 verstorbenen Marianne vorwiegend in deren letztem Lebensjahrzehnt. Doch auch in jenen Jahren wird es Anlässe gegeben haben, bei denen die ebenfalls in Erinnerung haftende *Schluppenbluse aus Seide* zum Einsatz kam, und Fotos von Familienfeiern zeigen die Tanten in dezent gemusterten, batikartigen Seidenkleidern in Blau und Altrosa, in Kostümjacken mit großen Knöpfen. Auf einem Bild – nur Hilde schaut unbehängt vor sich hin und als Einzige nicht in die Kamera – tragen zu meiner Überraschung gleich drei der Tanten die in der Familie legendäre *Ellwanger Kette*. Bei diesem in mehrfacher Ausführung erhaltenen Erbstück aus der väterlichen Familie, auf das große Stücke gehalten wurde, handelt es sich um eine schlichte, über 1 Meter 50 lange Gliederkette aus filigranen vierblättrigen Blüten, die doppelreihig um den Hals geschlungen wurde. Noch heute wird der seit dem 19. Jahrhundert von Juwelier Werkmann nach dem Vorbild der Fürstprobstkette gefertigte Ellwanger Schmuck in sorgfältiger Handarbeit aus Gold oder Silber hergestellt, werden Ronden ausgestanzt und aufgewölbt, runde und ovale Spindeln umwickelt, Ösen zurechtgebogen und zugelötet. Der Tantenschmuck war auf seine Weise vielsagend: aus Silber, nicht aus Gold, auf verschwiegene Weise raffiniert. Ein Abglanz des fürstlichen Stolzes, der in einen gewissen Dünkel umschlagen konnte, schimmerte auf dem mattierten Wahrzeichen der Familie.

Ketten und Schluppen setzen auf diesen letzten Aufnahmen dezente farbige Tupfer in das Tantengrisaille.

Natürlich entspricht die Erinnerung der Großnichten nicht dem tatsächlichen Aussehen der Tanten von Kopf bis Fuß, sie fasst vielmehr eine Wirkung in Worte, die sich aus ihrer Geisteshaltung ergab: ein moderates Bekenntnis zur Weiblichkeit. Wie hatte sich dieses über die Jahre innerlich verfestigt und nach außen gespiegelt? Welche Spielräume mochten meine Tanten als unverheiratete, kinderlose Frauen gehabt haben, als Nichtmütter, bevor ich als Kind in ihnen die Tanten sah? Rouge, Lippenstift, Lidschatten, Pumps und Ohrringe wurden in Stuttgart von meiner Vaihinger Tante, der Mutterschwester, gekauft und getragen. Sie bekam von ihrem Angetrauten hin und wieder ein neues Schmuckstück geschenkt, nähte raschelnde Röcke, lackierte sich die Nägel und hatte Spaß am Sichzurechtmachen. Meine Mutter stand gewissermaßen zwischen diesen Weiblichkeitsoptionen, zwischen Herkunfts- und Schwiegerfamilie. Die Absätze waren ein Stückchen höher und schmaler als die ihrer Schwägerinnen, die Röcke aber ebenso glatt, und Lippenstift gab es nur in einer Farbe und bei bedeutsamen Abendanlässen. Das Adjektiv, das dem Kleiderideal der Tanten in meiner Kindheit am nächsten kam und von meiner Mutter zur anerkennenden Bezeichnung der Schwägerinnenmode gebraucht wurde, war *gediegen*. Abgesehen von der schlammfarbenen Rentnerinnenperiode nie altbacken; immer geschmackvoll und gerne unauffällig elegant, aber auch weit entfernt von verdächtig oberflächlichen Prädikaten wie modisch oder *schick*, ein Wort, das die Tanten auf der Suche nach einem Kleidungsstück sicher nicht geäußert hätten. Sie kauften etwas, das Bestand und Qualität hatte, das man sich gelegentlich bei Bogner oder, wenn es um Lederwaren ging, bei Aigner etwas kosten ließ, dem man seinen Preis aber nicht ansehen durfte. Es sollte dezent und solide sein. Dieses Gediegene war mir in Kindheit und Jugend immer ein bisschen suspekt, weil es eine Absage an eine gewisse Lebensfreude zu enthalten schien, die daher rühren mochte, dass die Kleidung vor allem nach Kriterien der Herstellung und Tauglichkeit, weniger nach denen der Wirkung ausgesucht wurde. Es fehlte das imaginäre Gegenüber.

Verfolgt man die Bilder über die Jahrzehnte zurück, lässt sich eine fortschreitende, von Tante zu Tante natürlich unterschiedliche weibliche Selbstneutralisierung erkennen. Irene, die das gewellte Haar spätestens ab den Vierzigerjahren unverändert mittellang trug, schien in diesem Punkt als Erste die Waffen gestreckt zu haben. Sie war auch diejenige, die in späteren Jahren ungerührt einen Damenbart zur Schau stellte und mit ihrem stoppligen Kinn jede Annäherung zur Qual machte. Hilde verzieh man die borstigen Gesichtshärchen schon eher. Von ihr, von der leider die wenigsten Bilder überliefert sind, hieß es seitens meiner Mutter anerkennend, sie habe unter den klassischen grauen Pudellöckchen und ihrem drallen Oberkörper doch immerhin mit *schlanken Fesseln* aufzuwarten. Außer Hilde hatte keine der Tanten mit Lockenwicklern operiert oder gar den blaustichigen Dauerwellenhelm jener Damenköpfe übergestülpt, die beschlossen hatten, frühzeitig alt zu sein. Hanne, die ihr kurz geschnittenes Haar bis in ihren Lebensabend braun färbte, trägt auf Italienfotos aus den Sechziger- oder Siebzigerjahren hin und wieder ärmellose, geometrisch gemusterte Oberteile und Kleider, manchmal auch ein breites Stirnband. Auch sie muss sich mit etwa vierzig von ihrem langen Haar verabschiedet haben, das sie auf einem Foto aus den Dreißigerjahren noch locker im Nacken zusammengebunden hat.

Ob Anekdoten, schriftliche Hinterlassenschaften oder plastische Devotionalien, die Gewichtung in den Archiven der Familiengeschichte ist immer im Ungleichgewicht. Das gilt in besonderem Maße für Fotografien, und so ist diejenige der Tanten, die in jungen Jahren als Schönheit gegolten hatte, in einer ganzen Flut von Bildern repräsentiert. Von Marianne hieß es, sie sei früher einmal *bildhübsch* gewesen und nach wie vor *ausgesprochen apart*. Und diese Charakteristik schien so unwiderlegbar, dass für mich seither jede aparte Erscheinung an dieses Tantenbild gekoppelt ist. Apart und alleinstehend; allein stehend und à part, anders eben. Indem man eine ledige Frau als apart bezeichnet, entschärft man ihre Weiblichkeit. Eine attraktive Frau will jemanden an sich ziehen, eine aparte Erscheinung genügt sich selbst, muss aber darum nicht minder anziehend sein. Marianne trug als ältere Frau, als die ich sie kannte, das nach wie vor lange Haar streng zurückgekämmt und zu einem Knoten oder Dutt gesteckt. Die ebenfalls schlanken Beine – in der Generation meiner Eltern schienen wohlgeformte Beine und Fesseln als

Inbegriff von Weiblichkeit zu gelten – steckten ab und zu sogar in teuren Bally-Schuhen. Diese kleine Extravaganz wurde durch die Tatsache, dass es sich um eine Schweizer Marke handelte, zwar wieder auf den Boden familiärer Traditionen zurückgeholt, schuf aber dennoch einen fast frivolen Ausgleich zum festen Schuhwerk.

Marianne mag das Aparte auch aus ihrer besonderen Affinität zu allem Französischen zugewachsen sein. Fotos aus den späten Zwanziger- und frühen Dreißigerjahren zeigen sie im elsässischen Illkirch-Graffenstaden mit der Familie ihrer geliebten Cousine und engen Vertrauten Aimée Dogny. Aimée, hochgewachsen, schaut mit festem Blick in die Kamera. Sie trägt das Haar über den wachen Augen und der markanten Nase kurz, die Kleider sind lang und gemustert. Marianne, die auf diesen Aufnahmen, wie überhaupt auf fast allen Fotografien, nur selten direkt in die Kamera, sondern meist nachdenklich zur Seite schaut, steckt in den gleichen knöchellangen, bohèmeartigen Kleidern wie ihre Cousine und hat das Haar zu einer Schneckenfrisur geflochten. Der Ton der regen Korrespondenz, die Aimée und Marianne pflegten, ist ungezwungen, liebevoll, zugewandt. Im Umkreis der elsässischen Verwandtschaft müssen in meiner Tante andere Saiten zum Schwingen gebracht worden sein als in der eigenen Familie. Neben Aimée wirkt sie zierlich, romantisch, mädchenhaft; stets aber verhalten. Ein andermal, auf zwei Fotografien aus dem Jahr 1934 an der Seite ihrer Eltern, sie ist damals siebenundzwanzig, gleicht sie in ihrem bunt gemusterten Wickelkleid einem zerbrechlichen, melancholischen Paradiesvogel neben der streng in Schwarz gekleideten Mutter und dem untersetzten Herrn mit Fliege. Später meine ich ihr ansehen zu können, wie das Verhaltene durch viel Zurückgehaltenes in eine reservierte Strenge mündete; wie das Bohèmehafte dem Seriösen wich. Was war ihr in den Kriegs- und Nachkriegsjahren widerfahren? Sie hatte sich in dieser Zeit nicht nur beruflich vorankämpfen müssen, sondern zudem beide Eltern verloren, auch, so hieß es in der Familie, einen Verlobten, und sichtlich die im Elsass noch greifbare Bandbreite an Wahlmöglichkeiten. In den Fünfzigerjahren sieht man sie meinem damals vier- oder fünfjährigen Cousin auf einer Bank im Hasenbergwald vorlesen: im weit geschnittenen praktischen Kostüm, flache Schnürschuhe an den Füßen, die Handtasche fest unter den Arm geklemmt, auf dem Kopf ein Hütchen mit hochgeschlagenem Schleier. In dieser Zeit wurde nicht nur von Ehefrauen und Müttern, sondern auch von vermeintlich nicht mehr mannbaren Frauen eine überkorrekte Garderobe erwartet, die Tilgung sämtlicher als attraktiv auslegbarer Attribute. Um gesellschaftsfähig zu bleiben, hielten viele ledige Frauen, zumal mit fortschreitendem Alter, die Spuren ihrer Weiblichkeit also bewusst im Zaum. Mariannes langes Haar, in dessen seitlichen Flechten noch seine Opulenz aufschimmerte, war nun in einem schmucklosen Knoten gebannt.

In ihrem Arbeitsalltag waren mindestens drei der

vier Tanten der Garderobefrage weitgehend enthoben: Ob in Sprechzimmer, Labor oder Apotheke steckten sie alle – selbst Hilde wird in der Bügelküche eine gestärkte Schürze getragen haben – in schmucklosen weißen Unisex-Kitteln. Die weder den Visitenmänteln der mit wehenden Rockschößen durch die Gänge fegenden Halbgötter noch den taillierten, figurbetonten Laborkitteln mit Softtouch-Finish heutiger Internetanbieter glichen: Die Tanten wollten es praktisch und gediegen, sie brauchten Bewegungsfreiheit und blieben trotzdem zugeknöpft. In ihren Kitteln erfüllten sie perfekt die geschlechtsneutrale Rolle als Fürsorgerinnen. Dafür war ihnen neben all den verheirateten und mütterlichen Kümmerinnen der Dank der Gesellschaft gewiss, im Unterschied zu ihren eigenen Tanten aus dem vorigen Jahrhundert nun aber auch die finanzielle Entlohnung. Mithilfe ihrer Berufe konnten meine Tanten die Rolle umkehren, waren nicht mehr Wartemädchen wie noch Maria und Therese, die von den Eltern und Brüdern mit durchgebracht worden waren, sondern gestandene Frauen, die ihrerseits in der Lage waren, die Familie, auf die auch ihr ganzes Trachten bezogen blieb, zu unterstützen. In ihren weißen Kitteln weniger ewige Bräute als unanfechtbare, stoffgepanzerte Amazonen.

Die
Schwägerinnen

Die Bergtauglichkeit war nicht die einzige Prüfung, die meine Mutter vor ihren Schwägerinnen zu bestehen hatte. Wenn ich mir die zugewandte, seitens meiner Mutter aber auch immer latent bemühte Atmosphäre der Familientreffen vergegenwärtige, war das sprungbereite Auf-der-Stuhlkante-Sitzen nicht nur ein Motiv der Teestunden am runden Tisch, sondern Ausdruck einer permanenten inneren Anspannung. Die Prüfung dauerte ein, ihr Leben lang.

Wie mein Vater seine Schwestern über seine junge Liebe in Kenntnis gesetzt hat, geben die Familiendokumente nicht mehr preis. Während er als junger Geologe schon in Kolumbien arbeitete, musste meine Mutter sich alleine in Stuttgart vorstellen und bei den Schwestern ihres zukünftigen Mannes unausgesprochen um dessen Hand anhalten. Einen Schwiegervater, bei dem sie es hätte tun können, gab es nicht mehr: Der Tantenvater, mein Großvater Ferdinand, war 1949 gestorben, seine Frau bereits 1941. Spätestens seit dem Tod des Vaters war Marianne als Älteste und Finanzkräftigste der Geschwister zum Familienoberhaupt geworden. Die Autorität über meine Mutter wuchs ihr neben der finanziellen Unabhängigkeit und ihrem Platz in der

Familienhierarchie auch durch ihr Alter zu: Im Verlobungssommer 1952 war Marianne fünfundvierzig, genau zwanzig Jahre älter als ihre angehende Ludwigshafener Schwägerin. Schon bevor meine Mutter auf der erwähnten Durchreise nach Bozen bei Marianne und Hanne in eigener Sache auf Brautwerbung ging, hatten ihre Eltern den Stuttgartern eine Visite gemacht, die bei den Schwestern auf ein gewisses Befremden gestoßen war, aber auch meinen Vater überrascht zu haben schien: *Natürlich war ich auch sehr erstaunt über den plötzlichen Besuch meiner Schwiegereltern in Stuttgart*, schreibt er am 29. Juli 1952 in seinem umfangreichen Übersee-Briefwechsel mit den Schwestern, von dem vor allem die Durchschläge seiner Schreiben und leider nur vereinzelte Rückantworten erhalten sind. Dass es zu einem solchen Besuch überhaupt kommen konnte, lag daran, dass Vater- und Mutterfamilie in den Tiefen des Stammbaumes gemeinsame Wurzeln hatten und davon wussten. Aus undurchschaubaren Gründen galt die Familie meiner Mutter als *wasch Bessres*. Als maßvoller, vornehmer. Bei den Klebers wurde weder *umenandergrannt* noch *schwäbisch gschwätzt*. Umso mehr werden sich die zukünftigen Schwägerinnen zu Hüterinnen des eigenen Clans berufen gefühlt haben. Anlässlich dieser Aufwartung müssen meine Tanten also von den entfernten flachländischen Verwandten erfahren haben, dass ihr Bruder seine Braut schneller als geplant mit nach Kolumbien nehmen wollte.

Eine Eröffnung, die als Schockwelle noch aus allen folgenden Briefen meines Vaters sprach. Denn nun wollten die Kränkungen und Blessuren zurückgesetzter Schwesterliebe gelindert, musste das *gute geschwisterliche Verhältnis* wiederhergestellt werden. Offenbar hatte mein Vater bei seinem künftigen Schwiegervater ernsthaft um den Hochzeitstermin verhandeln müssen. Und dabei im Eifer des Gefechts aus den Augen verloren, dass meine Mutter nicht nur Eltern hatte, die ihr eine gesicherte Existenz jenseits des Atlantiks wünschten, sondern auch Schwägerinnen, die ihren jüngsten Bruder höchst ungern so weit hergaben. Die Schwestern, namentlich Marianne und Irene, fühlten sich *übergangen und vernachlässigt*, fürchteten *eine leise Entfremdung und Lockerung:* Immerhin zog es das Nesthäkchen aus dem Schoß der Stuttgarter Sippe geradewegs ans andere Ende der Welt. Ein Entschluss, der sie *unerwartet und traurig* traf. Nicht zuletzt waren sie die Zurückgebliebenen und mussten nach vielen entbehrungsreichen Jahren dabei zusehen, wie ihr Bruder einem Abenteuerdrang nachgab, den sie selbst sich versagt hatten.

Bei dem Stuttgarter Antrittsbesuch meiner Mutter Anfang August ging es offiziell um den bevorstehenden Verlobungstermin und die Gestaltung der Anzeigen. Zur bangen Belustigung meines Vaters – *Dann halten sie mich alle bestimmt für einen Hochstapler!* – bestanden seine Schwestern darauf, ihren Bruder mit allen denkbaren akademischen Graden bewehrt ins Leben zu schicken: Unter seinem Namen samt Doktortitel war er als »Professor an der Escuela Normal Universitaria in Tunja, Columbien« aufgeführt. Erleichtert konstatiert mein Vater, dass *das erste gegenseitige ›Sich-Beschnuppern‹ so positiv ausgefallen* sei. Während Hanne, wie mein Vater dankbar erwähnt, offenbar *viel Einfühlungsvermögen, besonders in die Lage von H*, meiner Mutter, gezeigt habe, stelle ich mir vor, dass die exakt zwanzig Jahre vor meiner Mutter geborene Familienälteste um einiges unnahbarer aufgetreten ist. Ihr gilt ein gesondertes Schreiben meines Vaters, in dem er ihren Vorwurf entkräftet, er werde nun offenbar von anderer Seite ausführlich mit Post versorgt. Ja, eine weitere Richtigstellung liegt ihm am Herzen: *Und dass ich Euch vor meiner Braut als ausgepichte Xanthippen dargestellt haben soll, das entspricht auch nicht der Wahrheit.* Woher dieser Verdacht wohl rühren mochte? Mein Vater schien jedenfalls zu spüren, dass sich gerade Marianne nach einem weiteren Unterpfand der Bruderliebe sehnte: *Vielleicht kann Dir H bei ihrem nächsten Besuch besser sagen als ich selbst, wie ich vor allem von Dir gesprochen habe.*

Die Tatsache, dass mein Vater der moralischen Schwesterninstanz so innig verbunden war, machte die Situation für meine Mutter nicht leichter: Sie musste sich nicht nur als zukünftige Ehe-, sondern vor allem auch als Bruderfrau bewähren: *Ich hab' Euch lieb, weil Ihr W's Schwestern seid, und will Euch immer liebhaben. Mehr kann ich Euch nicht entgegenbringen; nehmt es bitte so schlicht und einfach, wie ich es Euch darreiche,* schreibt sie als Jungverheiratete Anfang 1953 aus Kolumbien an die Schwägerinnen. Ich ahne mit meiner Mutter, dass es vor allem jenes »mehr« ist, das auf immer unstillbar bleiben sollte. Die Verlobungsfeier, erst zu Ehren Mariannes für den 8. September, ihren Namenstag, geplant, fand schließlich am 25. Oktober im Elternhaus meiner Mutter in Ludwigshafen statt. In Abwesenheit des Bräutigams. Mein Vater ließ den Verlobungsring, der ihm per Luftpost zugestellt wurde, am Festtag von einem befreundeten Jesuitenpater in Kolumbien segnen, während meine Mutter *allein unter einem riesigen Blumenmeer* am Rhein bella figura machen musste. In einem Werbungs- und Bewerbungsschreiben, *Liebe Marianne, liebes Hannele!*, einen Monat vor dem Verlobungstermin, bittet meine Mutter ihre Schwägerinnen inständig um ihr Kommen und setzt hinzu: *Sagt mal, von welcher Seite wollt Ihr mich am Verlobungsfest eigentlich sehen? Von meiner hausfraulichen oder von meiner geigerischen?* Meine Mutter entkräftet diese Frage selbst jedoch sofort als rhetorische. Obwohl sie an der Musikhochschule in Köln immerhin bis kurz vor dem Konzertexamen Musik studiert hatte, war sie bereit, diese Ausbildung ohne zu zaudern ihrer Bestimmung als Hausfrau zu opfern, die einzige, mit der sie bei den berufstätigen Schwägerinnen offenbar auf Gnade und Anerkennung hoffen durfte: *So ein bisschen Geigenentzug hab' ich immer noch im Leib und das spür' ich immer dann, wenn ich andere Leute Musik machen höre und ich selbst gerade wieder das Staubtuch oder den Kochlöffel schwenke. Aber auch dies macht mir Spaß, wenn es auch nicht gerade ein Leichtes ist, sich bei jeder Mahlzeit einer Kritik von sieben Personen (einschließlich Putzfrau) unterziehen zu müssen, von denen sämtliche sieben einen anderen Ge-*

schmack haben. *Wie werd' ich das später ›himmlisch‹ haben,
wenn ich mich nur noch nach einem einzigen Magen richten
muss. Dann macht's auch gar nichts aus, wenn dieser Magen
›hochempfindlich‹ ist. – Ein neues Übel ist noch dazugekom-
men, seit ich stricke. Ja, ich stricke, und zwar seit fünf Tagen.* Daraufhin, schreibt meine Mutter weiter, hätten
ihre Geschwister *eine Novene zu den Vierzehn Nothelfern
begonnen! Ich glaub aber, man hat sie am dritten Tag wieder
abgebrochen, weil ich bis dahin immerhin schon gelernt hatte,
wie man die Nadeln halten muss! Ach, ich kann Euch sagen,
das sind vielleicht Qualen. Ich glaube, Maschinennähen lerne
ich gar nicht. Das kann W ja schon und dann wäre das eine
ganz schöne Arbeitsteilung!! Am Verlobungsfest wollen wir
das mal beraten.*

Während meine Mutter sich redlich mühte, war
mein Vater im fernen Tunja noch immer mit dem Glät-
ten der Stuttgarter Schockwellen beschäftigt. Es hatte
ein kleines Nachbeben gegeben, nachdem er seine zukünftigen Schwiegereltern erfolgreich um eine weitere Vorverlegung der Hochzeit gebeten hatte. Erneut
hatte sich schwesterlicher Unmut geregt. *Er verstehe,*
schreibt mein Vater im November 1952 an Marianne,
*wie aus einer geschwisterlichen Sorge heraus die Schwestern
kritisch sind, damit auch wirklich ein liebenswerter und war-
mer Mensch mein zukünftiges Leben teilen wird. Diese Kritik
hat ihre große Berechtigung, kennt Ihr mich doch von den ersten Tagen an.* Verwechselt mein Vater hier nicht Anteil-
nahme mit Besitzanspruch? Und prüfende Kritik mit
einer anhaltenden kritischen Prüfung? Immer wieder,
so scheint es mir beim Lesen jener Briefe, holte die

Bruderrolle den Verlobten ein. In seinem Harmoniebedürfnis wünscht er sich *nichts mehr als ein nettes und vertrautes Verhältnis mit Euch, dass wir auch Euch etwas Frohsinn und Freude ins Haus tragen dürfen und Euch allen immer Bruder und Schwester bleiben.* Bruder und Schwester – war das nicht ein bisschen viel verlangt für eine junge Braut? Abermals muss meine Mutter als Sprachrohr herhalten, die den Schwestern *sagen darf, wie ich an Euch hänge und für Euch empfinde.*

Die Hochzeit meiner Eltern fand, nun mit dem Bräutigam in leibhaftiger Gestalt, am 29. Dezember 1952 in Ludwigshafen statt. Am 15. Januar nahmen sie in Hamburg gemeinsam das Schiff nach Kolumbien: ein Kulturschock, insbesondere für meine Mutter. Auf der Überfahrt galt es, Haiti mit den vielen fremdländisch aussehenden Menschen *oder La Guaira mit seinen Elendshütten oder Maracaibo mit seinem hässlichen Hafenbetrieb* zu bewältigen. Ein gleich am Tag nach ihrer Ankunft, im Februar 1953 an Irene verfasster Brief lässt in einer rührenden Spiegelung ahnen, wie meiner Mutter zumute gewesen sein muss: *Aber eine Frau, hier allein, das ist wohl unvorstellbar schwer. Ich bin ehrlich genug zu gestehen, dass ich Angst hätte, nicht nur Heimweh, sondern Angst. Du bist ja ein ganz anderer Kerl wie ich, mit viel mehr Mut und Kraft – Ihr seid es alle, und ich habe Euch im Stillen schon so oft darum bewundert – aber ich wollte es trotzdem sagen.* Wohl oder übel musste sie sich auf 2800 Höhenmetern im wolken- und regenreichen Tunja akklimatisieren, als *Geologenfrau* bei der ungeliebten *Hammel-*

herde an der Uni *ausstehende Gelder* eintreiben und mit *schandmäßig teuren* Obst- und Gemüsepreisen den ehelichen Küchenzettel bestreiten. Ungleich beherzter, als sie es sich selbst und den Schwägerinnen eingestand, knüpfte sie unterdessen enge Freundschaften mit anderen deutschen Auswanderern und brillierte, wie sie belustigt in ihrem noch tastenden Spanisch schrieb, als *distinguissima señora* im schwarzen Seidenrock als Solistin bei der Tunjaner Kammermusikvereinigung.

Diese Seite meiner Mutter blieb indes ihrer eigenen Familie in Ludwigshafen vorbehalten. Die Schwestern und Schwägerinnen wollten von den jungen Eheleuten vor allem in Bezug auf die Hausfrauenqualitäten meiner Mutter, sprich, das Wohlergehen ihres Bruders beruhigt werden. Nach ihrem eigenen Wohlergehen schien meine Mutter von den Stuttgartern nie jemand zu fragen, und wenn, hätte sie sicher zur Antwort gegeben, an W's Seite stehe natürlicherweise alles zum Besten. Sie erfüllte klaglos jede Rechtfertigungspflicht und nahm bereitwillig den Platz ein, der ihr im familiären Machtgefüge zugewiesen wurde. Überschwänglich bedankte sie sich für die aus Stuttgart zugesandten Kochbücher zur Bereicherung des ehelichen *Küchenzettels*, und mein Vater konnte hinsichtlich der unlängst genossenen Weihnachtsbäckerei sogar einen besonders legitimen Gewährsmann ins Feld führen: *Selbst Pater Moser musste sich mit seinen dauernden Zweifeln und Unsicherheiten über die Kochkünste der geigenden Hausfrau geschlagen geben.* Nun denn! Neben Zimtsternen, Haselnussmakronen und Butter-S-le fabrizierte sie Rauschgoldengel mit dunklen Köpfen und schabte für die heimatentwöhnten Männermägen Spätzle vom Brett. Die geigende Hausfrau lernte außerdem Spanisch, wartete bis zu sechs Wochen lang, teils mit quälendem Heimweh, auf ihren Mann, der sich als Geologe ins Gelände verabschiedete, führte eine bewundernswert ausführliche Korrespondenz mit beiden Familien in der Heimat und hatte regelmäßig *Ferien*, wenn sie meinen Vater auf kleinere Exkursionen begleitete: *Manchmal muss ich ja mit einer gewissen Beschämung feststellen, dass praktisch mein ganzes derzeitiges Dasein bloß noch aus solchen ›Ferien‹ besteht, die ich so von Herzen auch mal ferienbedürftigeren Mitmenschen gönnen würde.* Diese latente Beschämung, bei meiner Mutter geradezu eine existenzielle Scham – ein beliebtes Vaterzitat meiner Kindheit lautete *Du entschuldigst Dich bald noch dafür, auf der Welt zu sein* –, wurde von den Schwägerinnen beinahe unverschämt genutzt: *Hannele hat recht*, heißt es am 2. Mai 1954, *wenn ich nicht gerade in Columbien säße, könnte ich Euch nun so schön im Haushalt aushelfen.* Noch drei Jahre später – wieder zur Frühlingsputzzeit im Mai 1957, meine Mutter *saß* mittlerweile in Kalifornien, wohin meine Eltern Ende 1956 umgesiedelt waren – war *das Problem einer Haushaltshilfe* bei den berufstätigen Schwägerinnen ungebrochen akut. Mit dem Topos der lästigen Hausarbeit distanzierten sie sich vom klassischen Ehefrauendasein und machten unmissverständlich deutlich, dass sie als Berufsfrauen *eine Stütze* oder *ein Mädchen* brauchten. Während ihre Mergentheimer Tanten immer diejenigen gewesen waren, die unbegrenzt über Zeit zu verfügen schienen und die überanstrengten Mütter der Großfamilie entlasten konnten, waren die Schwägerinnen meiner Mutter, die damals noch keine war, in permanenter Zeitnot. Und entsprechend sprang, ja warf sich die Bruderfrau bereitwillig für sie in die Bresche: *Und hier sitze ich, wenn auch nicht eben tatenlos, so doch immerhin in der Lage, Euch ein paarmal in der Woche auszuhelfen!*

Das Motiv der Beschämung zieht sich auch durch die mütterlichen Dankesbriefe – *Ihr beschämt uns immer mit Euren Gaben*, heißt es im Januar 1959 – *für gleichwohl bescheidene Weihnachtsgeschenke wie Kunstkalender und Springermodel*. Könnte es sein, dass meine Mutter ihren Schwägerinnen gegenüber im Grunde eine viel tiefere Scham empfand? Dass sie sich deshalb nicht mit der Rolle der perfekten Hausfrau begnügte, sondern sich als Haushaltshilfe andiente, weil sie die andere Aufgabe, die von ihr erwartet wurde, nicht erfüllen konnte? Weil ich so unerwartet lange auf mich warten ließ, während in Rottweil, beim Bruder meines Vaters, zwei Jahre nach der Geburt meines Cousins auch die Ankunft eines Mädchens gefeiert wurde? *Wenn nur auch wir endlich etwas zur Erweiterung des Stammes beitragen dürften!*, schrieben meine Eltern 1954 nach Stuttgart – achtzehn Jahre vor meiner Geburt.

Meine Mutter ahnte wohl richtig, dass eine Stammerweiterung, um nicht zu sagen ein Stammhalter, ihr Ansehen bei den Schwägerinnen ein wenig aufgebessert hätte. Denn selbst wenn sie es gewollt hätten, hätten sie genau das nicht gekonnt: den Familiennamen weitergeben. Das war Sache der Bruderfrauen, und keine geringe. Legitimer Familienstolz konnte bei den Tanten leicht in einen dynastischen Dünkel umschlagen. Sie hielten sich viel auf ihre lange Ahnenreihe zugute, die etwa in der elsässischen Linie nicht nur namhafte Fabrikanten, sondern auch kleine Berühmtheiten wie Jean-Baptiste Schwilgué, den Konstrukteur der astronomischen Uhr im Straßburger Münster, hervorgebracht hatte. Ein bildungsbürgerlicher Stolz auf eine lange akademische Tradition, in der nur Studierte etwas galten; der wohl auch die Peinlichkeit erklärt, die Hilde für die Familie bedeutete, und die ewige Rolle als Zweite, die Hanne, der Laborantin und Assistentin, zufiel. Ja, ist es nur Zufall, dass ausgerechnet diese beiden in der Familie weder als Hildegard noch als Johanna angeredet wurden? Und woher mochte der mir als Nachgeborener unerklärliche Minderwertigkeitskomplex rühren, der durch eine dünkelhafte Attitüde kompensiert zu werden schien?

Die Tanten waren zeit ihres Lebens keine einfachen Schwägerinnen, ja, in Abwesenheit der eigenen Mutter den Frauen ihrer Brüder gleichzeitig Schwiegermütter, denen die Auserwählten letztlich nie gut genug sein konnten. Ohne Eltern, ohne eigene Kinder waren die Tanten im Guten wie im Schlechten selbst Kernfamilie. Bewahrerinnen liebgewonnener Traditionen, Knüpferinnen eines eng verschweißten Familienzusammenhalts, der, zumal für Neubewerberinnen, immer auch etwas Ausschließendes hatte. Mit Ausnahme von Hilde, die selbst aus der Reihe fiel, bildeten sie dabei eine geschlossene Front; eine Phalanx eifersüchtiger Leibgarden ihrer Brüder – und später ihres Neffen. Dessen Frau, die Frau meines Cousins, bekam *bei den Tanten kein Bein auf den Boden*, wie ihre Töchter erzählen, und saß, obwohl sie sich herzlich mühte und die damals schon älteren Tanten großzügig einlud und bekochte, regelmäßig mit am Katzentisch. Die Mutter meines Cousins, die anfangs einen sicher noch schwereren Stand als meine hatte und als einfache Krankengymnastin die ganze Missbilligung der Schwägerinnen zu spüren bekam, wurde erst milder behandelt, als sie einen Sohn, den geliebten Neffen, gebar. In späteren Jahren wurden die Hüterinnen der Kernfamilie noch einmal auf eine schwere Prüfung gestellt, als sich der inzwischen verwitwete Vater meines Cousins zu einer zweiten Ehe mit – ausgerechnet – seiner ehemaligen, um einige Jahre jüngeren Sprechstundenhilfe entschloss. Eine schlimmere Mésalliance wäre kaum denkbar gewesen. Auf einem der Hochzeitsbilder erscheint Marianne, die wohl nicht schon wieder Schwägerin sein, sondern den Bruder vergeblich als ewigen Witwer wollte, nur als verhuschter Schatten. Sie mochte sich an das Unpassende nicht anpassen – und so ließ sie kurz angebunden verlauten, »es« habe ihr einfach *nit gpasst*. Als Älteste der Geschwister bekräftigte sie damit vielleicht ein letztes Mal die Devise: *La famille c'est moi.*

Die
Schwestern

In der Beschämung meiner Mutter spiegelte sich auch etwas von der tiefen Dankbarkeit meines Vaters: sein im wörtlichen Sinne In-der-Schuld-Stehen. Bereits mit dem Tod seiner Mutter 1941 – mein Vater, damals siebzehn, meldete sich tags darauf freiwillig zur Kriegsmarine –, endgültig dann acht Jahre später, nach dem Tod seines Vaters, war die zweiundvierzigjährige Marianne ihm zur Ersatzmutter geworden. Schon in den Kriegsjahren war sie diejenige gewesen, die unermüdlich gearbeitet, über die Gesundheit des Vaters gewacht und ihrem Bruder auf dem U-Boot den *reichhaltigsten* Poststapel hatte zukommen lassen. Zu Ostern 1944 bedankt sich mein Vater für *Brezelchen und Gebäck*, im Mai desselben Jahres für die *hervorragend schmeckenden Spitzbuben*. Ihrem jüngsten Bruder fühlte Marianne sich in ihrem familiären Engagement besonders verpflichtet. Als Selbständige verdiente sie vor allem seit der Währungsreform 1948 mit ihrer Praxis im Vergleich zu den anderen Geschwistern deutlich mehr Geld, das in erster Linie meinem Vater zugutekam: Hilde und Hanne hatten bereits feste Anstellungen, Irene verdiente ihr erstes Gehalt in der Apotheke, und Karl-Eugen betrieb seine eigene Praxis in Rottweil; nur mein Vater war ohne Ausbildung aus dem Krieg zurückgekehrt und bekam sein anschließendes Geologiestudium in Bonn von Marianne finanziert, wobei sie ihm wohl nicht selten mehr überwies als nötig und erwartet.

Das Familiengefüge der Geschwister hatte sich während des Krieges, wenn auch nicht durch ihn, einschneidend gewandelt: Der verhältnismäßig frühe Tod beider Eltern war Krankheiten geschuldet, wobei auch Krieg und Nachkrieg natürlich krank oder kränker machen konnten. Die Stuttgarter Schwestern hatten keinen Vater, keinen Bruder und keinen Ehemann, der Familienmythologie zufolge allenfalls einen unbestimmten Verlobten, an den Krieg verloren. Sie waren keine Hinterbliebenen, und doch standen sie in den Anfängen der neuen Republik in einer Reihe mit den Soldatenwitwen und trauernden Müttern, die aus purer Frauenkraft den Wiederaufbau bewerkstelligten und die Männer, ob Kriegsheimkehrer, Kinder oder eben einen noch unstudierten Bruder wie meinen Vater, mit durchbrachten. Hatte der Krieg hier womöglich Umstände geschaffen, die dem Selbstbehauptungsdrang meiner Tanten entgegenkamen? Die ihnen ermöglichten, Versorgerinnen, aber auch Kümmerinnen ohne Mann und Kind zu sein? Von Himmlers Männerstaat war nicht mehr viel übrig geblieben. Die gesellschaftliche Selbstverständlichkeit, mit der tradierte weibliche Rollenbilder über Bord geworfen wurden, war für männer- und kinderlose Frauen wie meine Tanten, die nach dem Krieg wohl beides blei-

ben wollten, womöglich auch Chance, und Stunden-
gunst.

Noch vor der Schwägerinnen-Ära meiner Tanten, am
14. Januar 1952, eröffnet mein Vater, bisher als Hilfs-
assistent am Rheinisch-Geologischen Institut in Bonn
tätig, seinen Schwestern, dass es ihn *für die nächsten 2 Jahre nach Columbien verschlagen wird.* Er erbittet
einen Kredit, *um die notwendigsten Anschaffungen für
dies ›Reisle‹ machen zu können: Karl-Eugen schrieb ich auch
schon und nannte ihm den immerhin grossartigen Betrag von
1000 DM, da ich natürlich mit einem guten Photo, Fernglas,
Kompass und Höhenmesser ausgerüstet sein muss, die drü-
ben nicht so gut und viel teurer sein werden. (...) Die Rückzah-
lung ist aus Columbien möglich und erfolgt in Dollar. Danach
habe ich mich auch gleich erkundigt. An Bekleidung werde
ich wohl noch einen Regenmantel mit einknöpfbarem Futter,
einen braunen Hut, eine gute Knickerbockerhose und Luft-
koffer anschaffen müssen.* Vier Tage später die Antwort
Mariannes mit der ihr eigenen, vielsagenden Verhal-
tenheit: *In dieser Sache muss man das Gefühl zurückstellen
und den Verstand sprechen lassen, scheint mir, um zu einer
Bejahung zu kommen und sie als Positivum zu sehen.* Große
Worte behagen ihr nicht, ihre Liebesdienste sind prak-
tischer Natur: *Sollen oder können wir hier schon vorarbeiten?*
   Das konnten und taten die Schwestern tatsächlich. Was waren, denke ich unwillkürlich, nach all
den Jahren der Überlebensstrategie in der Großstadt,
nach dem emsigen Hamstern, dem Steineschleppen,
den Schwarzmarktkäufen, schon Vorbereitungen für

eine halbe Weltreise? Neben den aufgetragenen Besorgungen fielen weitere Ausgaben an – ein Last-Minute-Sprachkurs an der Berlitz-Schule, ein achtfacher Ausdruck der brüderlichen Dissertation, Anzug- und Hemdenstoffe für den Schneider; außerdem sorgte Marianne für sämtliche Garantien, von der Kranken- bis zur Gepäckversicherung. Nach dem Rat der Hamburg-Amerika-Linie ließ sie den Überseekoffer Anfang März 1952 für eine vierwöchige Fahrt von Hamburg nach Barranquilla an die Hamburger Firma Homann schicken und dort für die Dauer von drei Monaten für 2000,- DM versichern. Eine sorgfältig zusammengestellte Bücherkiste enthielt neben geologischer Fachliteratur das »Neue Testament«, das »Marinegesangbuch«, den Band »Deutsches Hochgebirge«; der in zwei Lagen gepackte, exakt 69 Kilogramm schwere Schrankkoffer *1 Zirkelzeug, 1 Leichtmetallwinkel, 1 Talglötrohrlampe, 1 Paar Bergstiefel in Ami-Säckchen, 1 Rucksack, 1 Lodenmantel, 1 Cordknickerbocker, 1 Stresemannhose, 14 Taschentücher (6 neu), 1 braune Buschjacke, 3 weisse Dornbuschkragen, 1 grüner Hut, 1 Kragenspanner, 2 Säckchen bunt, 2 Madenschlösser, Flickrest für schw. Anzug* und vieles mehr, mit Bedacht Ausgesuchte. Dem maschinengeschriebenen *Inhaltsverzeichnis* wurden handschriftlich noch weitere Dinge hinzugefügt – darunter ein *blauer Anzug, 2 Zigarettentellerchen, 1 Streichholzbehälter,* die Bücher »Tropisches Buschleben«, »Das Ende der Neuzeit«, »Augustinus« –, die mein Vater Ende Februar 1952 nachträglich zum Beipacken aus Bonn nach Stuttgart schickte, was eine erneute Zollabfertigung und

Verplombung erforderte: *Es tut mir sehr leid, dass ich Euch noch um diesen Dienst, der Euch Zeit und Geld kosten wird, bitten muss. Dann habt Ihr mich aber auch endgültig für die nächsten Jahre los.* Am 29. Juli 1952 konnte mein Vater endlich die Ankunft des Überseekoffers in Tunja vermelden: *Fast wollte ich schon nicht mehr daran glauben, aber eines Tages stand dann dieses Monstrum doch noch in meinem Zimmer. Äusserlich hat es ja einiges abbekommen und sah ziemlich mitgenommen aus, sodass ich schon um den Inhalt die schwersten Befürchtungen hegte. Aber wie ein Wunder, es fehlte überhaupt nichts von dem ganzen Inhalt, und ich war sehr froh um alles. Frau Sieber bügelte mir den Lodenmantel auf, der schöne, grüne Habighut bekam seine Fasson wieder in Bogotá, und mein blauer Anzug, der als einzigstes Stück etwas Schimmel angesetzt hatte, wurde durch die Reinigung auch wieder vollkommen salonfähig. Ich kann also Euch, und auch Fräulein Berner, die es ganz besonders interessieren wird, mit vollem Fug und recht den Titel ›Tropensichere Packer‹ verleihen.* Derartig von den Schwestern bemuttert, sollte sich mein Vater bald übergangslos den bereitwilligen Hausfrauenhänden meiner Mutter überlassen. Auch in späteren Jahren sah ich ihn weder beim Kofferpacken noch mit Versicherungspapieren hadern oder zu Behördengängen aufbrechen.

Schon im Oktober 1952 schrieb mein Vater nach Stuttgart, bei all seinen *Berechnungen, darunter auch die Reisekosten zu seiner bevorstehenden Hochzeit, sei Eure Schuld, die ich noch abzubezahlen habe, nicht angegriffen.* Im Frühjahr 1955, vor der Umsiedlung meiner Eltern von Kolumbien nach Kalifornien, musste mein Vater seine Schwestern erneut mit *einigen unangenehmen Dingen belästigen* und um *ein Opfer* bitten: Er benötige für die nordamerikanische Botschaft ein polizeiliches Führungszeugnis sowie die Geburtsurkunden von sich und seiner Frau in amtlich beglaubigten Übersetzungen; die anfallenden Unkosten seien bitte auf *sein Schuldkonto* zu setzen. Ausdrücklich schreibt mein Vater Schuldkonto und nicht Schuldenkonto. Die empfundene Schuld wird für ihn möglicherweise belastender gewesen sein als die reale, sein Stand in der geschwisterlichen Hierarchie kein leichter. Wie die handschriftlichen Notate auf seinem Brief beweisen, muss es in erster Linie Marianne gewesen sein, die für diese Erledigungen verantwortlich war. Es sollte noch etliche Jahre dauern, bis mein Vater, nunmehr aus Kalifornien, vermelden konnte, er sei in finanzieller Hinsicht endlich *flügge* geworden. Am 29. Dezember 1957, seinem fünften Hochzeitstag, schrieb er: *Aber bevor ich ans Sparen gehe, will ich doch eine alte Schuld abtragen, die mir dauernd auf dem Schuh und Konto drückt, weil all das Geld nicht meines ist.* Drei Monate später meldete sich – ihr Mann sei *wie immer busy, busy* – am *Zahltag* stellvertretend meine Mutter und erkundigte sich nach einem Außenstand bei den Tanten in der Paulusstraße, die offenbar ebenfalls die transatlantischen Unternehmungen ihres Großneffen unterstützt hatten. Aus einem Brief schließlich, den meine Mutter im Mai 1958 den Schwägerinnen *schuldig* zu sein meinte, geht hervor, dass meine Eltern noch immer Geld zurückerstatten wollten, während die Stuttgarter Schwestern bereits die letzte Sendung für ein Zuviel erklärt hatten. Das Gefühl des Verpflichtetseins musste sehr groß sein, wenn sich der vorauseilende Gehorsam meiner Mutter nun auch noch zu barer Münze machen wollte. *Ob wir Euch auch wirklich trauen können?*, fragte meine Mutter bange, nachdem meine Tanten den Kontostand offenbar für ausgeglichen erklärt hatten. Dann schlug sie vor, die Schwägerinnen möchten die überschüssige Summe doch bitte für *weitere Abzahlungen* von Mariannes soeben erworbener Praxis in der Paulinenstraße verwenden. Ein winziger Loskauf aus einem heiklen Abhängigkeitskonstrukt, aus einer geschwisterlichen Großzügigkeit, die meine Mutter jedoch oft als beschämend empfunden haben muss.

Mein Vater hatte sich während jener sechs Jahre in der Ferne sichtlich emanzipiert. Zunehmend ließ er seine Frau die Korrespondenz mit seinen Schwestern erledigen, schrieb häufig nur noch einen kurzen Gruß an den Rand. Der schwärmerische Ton, der aus einem Brief an Marianne vom November 1952 sprach, in der geschwisterlichen Kommunikation eher eine Ausnahme, ist kontrollierter geworden, unabhängiger. Damals, kurz vor dem *entscheidenden Schritte* seines Lebens, hatte mein Vater seiner ältesten Schwester gegenüber angeführt, er *denke und fühle etwas weicher vielleicht* als sein Bruder: *Ihr habt fürwahr nur den ›Karren‹ vorwärtsgezogen, in Krieg und Nachkriegszeit und gerade Du warst immer in vorderster Front, wo ein Leid über uns kam, der Tod unserer lieben Eltern oder anderer Lieben. Du hast aus vollen Händen nur immer gegeben, ohne jemals etwas dafür wiederzuempfangen, das kann auf die Dauer selbst nicht der stärkste Mensch und selbst nicht ein Nervenarzt tun. Aber dass ich Dir gegenüber einen ganz tiefen Dank empfinde, dass ich Dich verehre ob Deines Edelmuts, ein Prädikat, mit dem ich sehr sparsam umgehe und Hannele kann's Dir vielleicht bestätigen, das muss ich Dir doch sagen.* Nachdem sich mein Vater ein Stück weit freigekauft hatte, schrieb er zu Mariannes 50. Geburtstag, am 9. April 1957 um einiges gelöster: *Das Gefühl des herzlichen, aufrichtigen Dankes für all Deine Anhänglichkeit sowohl in den Zeiten, als ich noch der Benjamin in der Hasenbergsteige war, als auch in den Jahren unserer Abwesenheit ist trotz amerikanischen Einflusses und zivilisierter Umgebung recht lebhaft in mir wachgeblieben.*

Im Laufe des Jahres 1959 kehrten meine Eltern nach drei Jahren in Kolumbien und drei weiteren in Kalifornien nach Deutschland zurück. Sie hatten zwei Fremdsprachen erlernt und brachten von beiden Kontinenten einen bunten Freundes- und Bekanntenkreis mit zurück in die ausgehende Adenauer-Ära. Ins bundesrepublikanische Wirtschaftswunder, die *deutsche Betriebsamkeit und G'schaftelhuberei*, wie mein Vater skeptisch schrieb. In den südlichen Ausläufern der Lüneburger Heide, dem sogenannten Klein-Texas, wo im 19. Jahrhundert die erste Erdölbohrung stattgefunden hatte, wartete eine neue geologische Stelle auf ihn. Auf meine Mutter aber vor allem ein neuerlicher Kulturschock auf dem flachen Land: mit norddeutsch-drögen Landsleuten, die ihr lange fremd bleiben sollten.

Jahrelang hatte sie sich nach den Ihren in Ludwigshafen, an der Seite ihres Mannes stellvertretend auch nach den Stuttgartern gesehnt, nach einem gemäßigten Klima und, im eintönigen kalifornischen Sommer, nach Wolken. Die hatte sie nun, an einem weiten worpswedeblauen Himmel, und dazu nach Herzenslust ebene Waldwege. Innerlich war die Übersiedlung nach Wieckenberg, später nach Celle, für meine Eltern vermutlich eine bloße Rückkehr. Das Heimatliche fanden sie bei ihren Familien, auf die sie sich in ihren letzten Luftpostbriefen unbändig freuten und denen, kaum in Frankfurt gelandet, die ersten gemeinsamen Tage in der Alten Welt galten. Die Stunden am runden Tisch und auf dem roten Sofa denke ich mir zumindest für meinen Vater als Inbegriff von Heimkehr. Meine Mutter hatte immerhin nach der Ankunft zunächst ein paar Tage in Ludwigshafen verbringen dürfen. Dann aber, noch nachträglich möchte ich ihr am liebsten in den Stift fallen, schlug sie brieflich vor, bei diesem ersten Wiedersehen nach gut sechs Jahren – oder darf man es ein Kennenlernen nennen? – *das Küchenregiment zu führen*, da bei den Schwägerinnen *wieder einmal die Hausgehilfin fehlt*. Ob mein Vater sie in ihrer Beflissenheit wohl bestätigt hatte? Ich wünschte, er hätte sich dafür stark gemacht, dass meine Mutter bei diesem Wiedersehen nicht als *Stütze* oder *Mädchen* im schwesterlichen Haushalt galt, sondern mindestens als weitgereiste Frau an seiner Seite.

Nachdem seine Schwestern ihren ersten Besuch in Wieckenberg angekündigt und bereits vorab das

Sehnsuchtsgut in die Bretzeldiaspora geschickt hatten, warb mein Vater ausgiebig mit den Reizen *in Feld und Wald*, die ihm besonders an die *Zimmerlische Veranlagung* zu appellieren schienen. Er wusste, dass seinen Schwestern der protestantische Norden fremd, die dortige Tiefebene zu flach war. Doch er sehnte sich danach, umgekehrt auch für sie einen Ort der Geborgenheit zu schaffen, sie der *reservierten norddeutschen Atmosphäre* des kleinen Heideörtchens geneigt zu machen. Dabei sollten die Schwestern offenbar vor allem Vertrautes, seit Kindertagen Liebgewonnenes wiederfinden: Er rühmt die himmlische Ruhe und die *vogelreiche Heide*, in der er sich *die Begleitung eines geduldigen und begeisterten Lehrers*, ihres Vaters, wünscht, der urplötzlich wieder als Sonntagsausflügler mit Kniestrümpfen und Knickerbockern vor mir steht. Er erwähnt das neu erwachte *Interesse an den Vogelstimmen*, mit dem er *bereits den Bildungsstand* ihrer Mutter überschritten habe, meiner Großmutter Johanna, von deren Lauschenkönnen ich hier erstmals erfahre; und er bittet Marianne um *ein gutes Pilzbuch, um verrostete Kenntnisse wieder aufzupolieren*. Doch selbst die *ordentliche Ausbeute von Pfifferlingen* in den norddeutschen Nadelwaldungen kann, mein Vater ahnt es zwischen den Zeilen schon, seine Schwestern auf lange Sicht nicht *zu einem allzu enthusiastischen Reisebeginnen* animieren. Die Tanten suchten ihr Glück in einer anderen Fremde.

Grado

Wenn es die Tanten nicht in die geliebten Alpen zog, dann vor allem in die Glücksländer Frankreich und Italien. Die dazugehörigen Sprachen, dem schwäbischen Zungenschlag so unvertraut, wurden erlernt und gepflegt. Dank der elsässischen Verwandtschaft konnte zumindest Marianne in späteren Jahren auf solide Französischkenntnisse zurückgreifen und ging, stets auf einen grammatisch einwandfreien Sprachgebrauch bedacht, einmal in der Woche *zum Italienisch*. Hanne nahm in meiner Kindheit Französischstunden, besuchte darüber hinaus einen privaten kleinen Konversationskurs und sprach gerne und ungeniert, sobald sich Gelegenheit dazu bot. Zu meiner Freude hatte ihre Lehrerin eines Tages angeregt, sich französischen Lesestoff zuzulegen, sodass in dem Zeitungsständer neben dem roten Sofa auf einmal »Paris Match« vorrätig war. Da es sich um ein französisches Elaborat handelte, meinten die Tanten, die den »Stern« oder die »Bunte« nur mit spitzen Fingern angefasst hätten, ein Kulturgut ersten Ranges zu besitzen. Und so saßen irgendwo auf halber Höhe zwischen rundem Tisch und Katzentisch in den Achtzigerjahren auch Jean-Paul Belmondo, Johnny Halliday, Jacques Chirac,

Lady Di und, in sämtlichen Lebenslagen, immer wieder Stéphanie von Monaco mit mir in der Röckenwiesenstraße.

Ansonsten waren in besagtem Zeitungsständer, und anschließend in Mariannes Wartezimmer, Geo- und vor allem Merianhefte zu finden. Die alten Ausgaben des Magazins, das mit dem Slogan »Die Lust am Reisen« wirbt, sind laut Netzanbietern heute viel wert, langweilten mich damals allerdings zu Tode. Meistens blätterte ich bis zu den Restauranttipps durch, die wenigstens im Ansatz ein bisschen Exotik, den Hauch eines nicht nur kulturell Fremden verhießen. Die Tanten schätzten die literarische Qualität der Reportagen, als Hobbyfotografinnen vermutlich besonders auch die hochkarätigen Illustrationen. Ungebundene, finanzkräftige, gebildete, nicht mehr ganz junge Reisende wie sie waren die zentrale Zielgruppe dieser im besten Sinne konservativen, auf Bewahrung des Kulturerbes bedachten Zeitschrift, die auf Zeitlosigkeit und folglich kein Erscheinungsdatum auf das Cover setzte. *Zeitlos schön* oder *zeitlos elegant*, zwei Wortverbindungen aus dem Tantenvokabular, die den im Verdacht der Oberflächlichkeit stehenden Adjektiven sofort die angemessene Relativierung, das eigentliche Gütesiegel, hinzufügten. Und so reisten die Merianhefte zeit- und ortsungebunden in den Fünfzigerjahren als Weihnachtsgeschenke sogar bis nach Kolumbien, wo sich meine Eltern am 1. Advent 1956 nach Wien, Basel und Mainfranken sehnen durften.

Die unbändige Reiselust der Tanten, ihre kulturelle Wissbegierde, führte sie, den entsprechenden Prestel-Führer im Gepäck, zu dritt oder in Begleitung weiterer Bekannten nach Burgund, Spanien, Sardinien, zu Fernzielen wie Moskau, Tunesien oder Israel. In die Länder der Schwesternbünde von Horen, Parzen und Grazien – und immer wieder in die Ewige Stadt. Als ich in der Oberstufe eine Studienreise nach Rom unternehmen sollte, schenkte Marianne mir den Reclam-Kunstführer *Rom und Latium. Kunstdenkmäler und Museen*. Mein Cousin erinnert sich, zusammen mit Marianne in Rom gewesen zu sein; aber auch an zwei Reisen zu dritt mit Hanne, nach Burgund und Paris. Ein Farbfoto vom Oktober 1980 zeigt Hanne, Irene und Marianne, entspannt in die Kamera lächelnd, in einem Straßencafé in Nemi in den Albaner Bergen. Auch meine Eltern reisten mehrfach mit den Schwestern und Schwägerinnen. Auf einer Schwarz-Weiß-Aufnahme ist mein Vater zwischen Marianne und Hanne in einem Café vor der Insel San Giorgio Maggiore in Venedig zu sehen. Die Tanten in schlichten, ärmellosen Sommerkleidern, er, sichtlich zufrieden, die Kamera um den Hals gehängt, gut aufgehoben zwischen beiden Schwestern, vor sich die Espressotasse auf dem runden Metalltisch.

Besonders eindrücklich wirkt heute jedoch ein Schwägerinnenbild auf mich, das im September 1967, wohl von meinem Vater, im Römischen Theater in Arles aufgenommen worden ist. Die vier Damen sitzen so wohlkomponiert auf einer steinernen Sitzreihe, als hätte der Fotograf sie für die spätere Betrachtung eigens so angeordnet: außen links Marianne, die Gruppenälteste, in einem weinroten Kostüm, das sie zusammen mit dem ergrauten Dutt so alt wirken lässt, wie eine Sechzigjährige in den Sechzigerjahren sich selbst sah und gesehen wurde. Sie sitzt etwas abseits von den anderen und schaut als Einzige nicht auf das touristische Fernziel, sondern, gewohnt verhalten, ja scheu, auf die eigene Kamera in ihrem Schoß. Daneben, exakt in der Reihenfolge ihres Alters, Hanne, Irene und meine Mutter, die gerade vierzig geworden ist. Hanne trägt ein braunes Kopftuch und blickt, in klassischer Denkerpose den Kopf in die Hand gestützt, neben Irene, einer selbstbewusst ergrauten damaligen Fünfzigjährigen, konzentriert in die anvisierte Richtung. Die Frisuren der Tanten sind genau die, die ich noch zwanzig Jahre später von ihnen kannte; nur meine Mutter trägt ihre Hochsteckfrisur im Stil der Sechziger etwas stärker toupiert als zu meiner Zeit. Ihre Haartracht reflektiert noch immer die sprichwörtlichen Entwarnungsfrisuren der Kriegs- und Nachkriegsjahre: Sie verdankten sich dem Alles-nach-oben-Ruf nach dem Fliegeralarm, bei dem auch das Kopfhaar jene Richtung genommen hatte. Bei meiner Mutter indes scheint noch immer keine Entwarnung eingetreten zu sein, vielmehr wirkt sie latent alarmiert. In der Linken hält sie ein kleines Buch, aller Wahrscheinlichkeit nach einen Reiseführer, in der Rechten trotz des grauen Himmels einen Sonnenschirm über Irene und sich. Auf dem Bild strahlt meine Mutter etwas rührend Beflissenes,

Jungmädchenhaftes aus. Kerzengerade ihre Haltung – die ideale Reiseführerin, keine laut ausposaunende, sondern eine diskret zurückhaltende. Unverbrüchlich treu, aufsprungbereit auf der steinernen Kante, die perfekte Frau an ihrer Seite.

In der Vaterfamilie wurde die Fotokunst der Barbara Klemm hochverehrt, die FAZ-Samstagsbeilage »Bilder und Zeiten« mit ihren großformatigen Schwarz-Weiß-Aufnahmen Woche für Woche ungeduldig erwartet. Sogar an eine kurze Korrespondenz zwischen meinem Vater und der Fotografin meine ich mich zu erinnern, an seine Freude, seinen bubenhaften Stolz über diesen unverhofften Austausch. Und so sehe ich in diesem Schwägerinnentableau unwillkürlich etwas von der Verdichtung, von dem malerisch Arrangierten der Klemm'schen Weltsekunde: eine kleine Familienweltsekunde.

Auch ich bin mit den Tanten gereist, ohne jedoch mehr als eine vage atmosphärische Erinnerung daran zu haben. Ich muss zwischen drei und höchstens sechs gewesen sein, als ich zwei- oder dreimal in Folge mit ihnen und meinen Eltern im Sommer nach Grado an die Adria fuhr. In einem Jahr, 1976, blieb ich sogar für ein paar Tage mit den Tanten alleine *unten*, da mein Großvater mütterlicherseits plötzlich verstorben war. Auf Fotos, die inzwischen selbst nur noch Erinnerung sind, halte ich im Hotel Lido, dessen Foyer damals bis hin zum Gladiolen-Strauß in den Nationalfarben gehalten war, die Besitzertochter, eine gleichaltrige kleine Hilaria, an der Hand. Es war schon eine Seltenheit, meine Mutter im Badeanzug am Strand zu erleben, mit Eimer und Schäufelchen, aber die Tanten? Ich denke mir Marianne und Hanne im Strandkleid, ein Haarband um den Kopf geschlungen, Irene eher sportlich in die Fluten stürzend, schnell abgerubbelt und wieder ernsthafteren Dingen zugewandt. Zum Beispiel der Besichtigung von Triest oder Aquileia mit den frühchristlichen Fußbodenmosaiken, auf denen es zum Glück für mich auch viele Tiere zu bewundern gab. Das Reiseziel Grado war sicherlich meinetwegen gewählt worden, schließlich wollte das Kind beschäftigt werden, sollte nach Herzenslust buddeln, aber auch erste kulturelle Anregungen mitnehmen können. Der Badeurlaub war für die Tanten im gelobten Land der deutschen Bildungsbürger eine Premiere.

Ab den Sechzigerjahren krähten in vielen bundesdeutschen Haushalten rote, blaue, grüne, vereinzelt auch orangefarbene Hähne den Rückkehrern das Lied ihrer Italienliebe. Die Majolika-Teller, die bei dem Bruder meiner Mutter *Hühnerpapi-Teller* und bei meinen Tanten natürlich anders oder gar nicht hießen, standen regelmäßig in Begleitung dazu passender henkelloser Becher oder Salatschüsseln auf dem runden Tisch in der Röckenwiesenstraße. Mir waren die farbenfrohen, lebendigen Teller aus dem Elternhaus und der Mutterfamilie lieb und vertraut. Der handgemalte Gallo rosso, verde oder azul aus dem umbrischen Deruta spreizte sein Gefieder inmitten eines schwungvollen Blumendekors, dessen Blattformen entfernt an Matisses' *papiers découpés* erinnerten und von wirren schwarzen Miró-Linien umkreist wurden. Ein Potpourri romanischer Resonanzen, das vom Symbolvogel der Auferstehung bis zum gallischen Hahn ein sinniges Spektrum abdeckte, als Mitbringsel nicht überteuert und trotzdem geschmackvoll war. Vielleicht der einzig legitime Hahn im Korb am Tantentisch.

Das romanische, insbesondere das französische *savoir vivre* war für die Tanten über die elsässische Verwandtschaft auch ein Stückchen Familiengeschichte und innere Verbundenheit. Fotos aus den frühen Dreißigerjahren zeigen Marianne, die nostalgischen Haarschnecken als Blickfang, im Badeanzug mit kurzem Beinansatz neben Aimée, die zunächst einen glatten, seitlich gescheitelten Bubikopf trug, diesen aber binnen weniger Jahre gegen eine noch zeitgemäßere Kurzhaarfrisur austauschte. Aimée war Fotografin und schickte Marianne im Postkartenformat Selbstporträts bei ihrer Arbeit in der Dunkelkammer. Von diesen wenigen Erinnerungsstücken weht mich unbestritten ein moderner, lebensfroher Geist an; und wieder frage ich mich, wann und wie meine Tante sich von ihm losgesagt haben mochte.

Aus den Tiefen eines leicht muffig riechenden Lederkoffers aus der Röckenwiesenstraße fördert mein Cousin bei einem unserer gemeinsamen Gespräche eine handschriftliche Liste zutage. *Bücher Marianne* hatte die Besitzerin sie, noch auf einem Briefbogen aus der

Hasenbergsteige, überschrieben. Darauf eine Reihe von Wörterbüchern: »Sauer Italienisch«, »Collins Englisch«, »Landgraf Latein«, »Scanferlato Italienisch«; Kunstbücher über Rembrandt, van Gogh, Bosch, Goyas Caprichos, über Tiepolo, Spitzweg, altdeutsche und -französische Maler, Bücher über die Vogesen, den Mont-Saint-Michel und Chartres, Gedichtbände von Chamisso und Kleist, der Eintrag »Schöne Literatur« ohne weitere Unterkategorien sowie eine ganze Spalte mit französischsprachiger Belletristik: *Marie Chapdelaine* von Louis Hémon, *Légendes d'Alsace*, Klassiker wie *Eugénie Grandet*, Jules Verne oder Daudets *Lettres de mon moulin*, *Le Roman de toutes les femmes* von Henri Murger; dann ohne Titelangaben eine schlichte Abfolge von Autorennamen – Farrère, Boulanger, Gionot, Anet, Colette, Maeterlinck, Duhamel, Prévost, Maurois (2×), Bazin (Oberlé), Sarcey, Voltaire, Racine, Molière, … Eine eklektische Zusammenstellung, einige inzwischen in Vergessenheit geratene Autoren; und besonders zwei Titel, die mich im Nachhinein aufhorchen lassen, vielleicht weitere Verbindungen zu dem knüpfen, was die Tante im Geiste oder doch wenigstens den Zeitgeist der Tante bewegte: *Plaidoyer pour le corps* (1941) und *L'homme cet inconnu* (1935).

Ein zutiefst katholisch geprägter Blick auf den Körper aus der Feder des Jesuitenpaters und Theologen Victor Poucel, dessen Werk mit einem Vorwort von Paul Claudel versehen war: Ähnlich wie François Mauriac, der insbesondere das Bergsteigen als perfekte Ergänzung zu Meditation und Gebet darstellte, rehabilitierte auch Poucel den Sport, versöhnte ihn mit der christlichen Moral und befreite den Körper aus seiner nachgeordneten Stellung. Verstörender dann das andere Buch, wieder ein katholischer Autor. In dem von der Stuttgarter Verlagsanstalt noch bis 1957 aufgelegten Weltbestseller *Der Mensch. Das unbekannte Wesen* brachte der Arzt und Nobelpreisträger für Medizin Alexis Carrel fragwürdige Theorien zu einer »freiwilligen Eugenik« vor und polemisierte gegen die »Frauenrechtlerei«; ein erschütterndes Plädoyer gegen die Vorherrschaft aller vermeintlich Schwachen, ein schamloses Lob der Maßnahmen der Nazis gegen die »Vermehrung der Minderwertigen, Geisteskranken«. War dieses Buch ein Geschenk, blieb es ungelesen? Durfte es seinen Platz Platz im Regal nur aus pädagogischen Zwecken behalten, weil es auf Französisch war? Wie stand meine Tante, die Nervenärztin, zu dieser Ideologie? Darüber wurde in meinen Erinnerungsjahren am runden Tisch nicht gesprochen. Übrigens ebenso wenig über die Einstellung der Tanten zur »Frauenrechtlerei« – wenn sie überhaupt bewusst einen Standpunkt dazu einnahmen. Begriffe wie Emanzipation, Feminismus oder Gleichberechtigung wurden höchstens ironisch kommentiert: Selbstverwirklichung war etwas für unverbesserliche Achtundsechziger oder rücksichtslose Karrierefrauen, und beiden fehlte es entschieden an Familiensinn. Die Tanten hielten es eher mit *der Höhler,* wie sie sie anerkennend nannten: Gertrud Höhler verbat es sich, als Quotenfrau zu gelten, und das, obwohl sie sich in der Ära Kohl als

Professorin und Unternehmensberaterin in männlich dominierten Bastionen einen Namen gemacht hatte. Ich stelle mir vor, wie die Tanten ihr auf dem roten Sofa beipflichteten, während die Höhler im Stereoton der Achtziger auf dem abgerundeten Grundig-Bildschirm von dem rauschhaft überzeichneten Feminismus sprach.

Auch Mariannes Buchgeschenke zeigten, dass für sie mit der Literatur des Nachbarlandes besondere Schwingungen verbunden waren. Es war ihr ein Anliegen, die junge Generation an historische Themen heranzuführen, die stets in Resonanz zu ihrer schwäbischen oder französischen Verwurzelung traten. Als Kind war ich, anders als mein Cousin, bei dem die Tante eine dauerhafte historische Leidenschaft entzündete, für diese Mischung keine sehr dankbare Abnehmerin. Ich erinnere mich an *Hauffs Märchen*, an *Die schönsten Sagen des klassischen Altertums* von Gustav Schwab und an die eher pflichtschuldig denn engagiert gelesenen Revolutionserzählungen von Cili Wethekam. *Rulaman*, die auf der Schwäbischen Alb spielende, in Südwestdeutschland nach wie vor populäre Geschichte eines jugendlichen Steinzeithelden, steht sogar noch heute unberührt im Regal. Das allzu spürbar Didaktische dieser Käufe, das Belehrende, zerstörte ihren Charme. Doch das Präzise an Mariannes Auswahl, die Verbundenheit zu bedeutungsvollen Orten, konnte auch seinen Reiz haben, wie jenes sinnige Buchgeschenk, das sie im März 1939 ihrem Kollegen Werner Behrmann machte: *Oberst Chabert* von Balzac, dessen Protagonist zwei Jahre lang in einer Anstalt für Geisteskranke in Stuttgart interniert wird – ein imaginärer Vorläufer des Bürgerspitals, ihrer gemeinsamen Wirkungsstätte.

Sonnen-
apotheke

Als meiner Mutter während ihrer ersten Wochen in Kolumbien das dortige Leben für eine Alleinstehende so undenkbar erschienen war, bezog sie sich indirekt auf ein Vorhaben Irenes, die sich um die Jahreswende 1952/53, letztlich erfolglos, bei einer pharmazeutischen Firma in Kolumbien beworben hatte. Mein Vater hatte in einem Brief erwähnt, dass *in Sachen Pharmazie hier manchmal obskure Zustände herrschen*, und seiner Schwester einige Stellenangebote zukommen lassen. Derweil sie sich weit aus dem Ländle herausträumte, arbeitete Irene noch als Angestellte der Apotheke in Horb, die sie später zur Pacht übernehmen konnte. Die Stellung in Horb war ihre zweite Tätigkeit, nachdem sie nach Kriegsende eine Vertretung in Weinstadt übernommen hatte, dort aber dem Besitzer bei dessen Rückkehr von der Front wieder den Platz hatte räumen müssen. Zu Beginn der Fünfzigerjahre dann wurden vor allem die heimatvertriebenen männlichen Kollegen mit Konzessionen versorgt, während sich die jungen qualifizierten Kolleginnen in einer mir fast übermenschlich erscheinenden Geduld üben mussten. Irene hatte ihre Schulzeit in Stuttgart absolviert und 1936–1939 die pharmazeutische Vorprüfung in

Schramberg abgelegt. Aufgrund des Kriegsausbruchs wurde sie jedoch nicht sofort zum Studium zugelassen, sondern als Vorexaminierte in verschiedenen Städten quer durchs Deutsche Reich, von Rottenburg bis Danzig, dienstverpflichtet. Erst 1942 bekam sie einen Studienplatz in Tübingen und bestand dort, nach einem kurzen Abstecher an die Reichsuniversität Straßburg, an einem bedeutungsvollen 20. April 1945 ihr pharmazeutisches Examen. Auf ihrer Examensurkunde, die auf den 30. Juni datiert ist, hatte man das Hakenkreuz unter dem Reichsadler notdürftig eingeschwärzt.

Tante Irene war diejenige, die mir in ihrer Berufstätigkeit am plastischsten vor Augen stand. Während ich mir Hilde mit einer stärkesteifen Schürze in den weißlichen Dampfschwaden ihrer Ravensburger Bügelküche vorstellte, mir ausmalte, wie Marianne hinter verschlossenen Türen gewichtige Worte sprach und Hanne fahrig mit Pipetten hantierte, erlebte ich Irene noch mit eigenen Augen in der Apotheke und demnach zumindest hin und wieder als öffentliche Person. 1961 hatte sie in Sillenbuch die zweite Apotheke am Ort eröffnet und war als Jüngste der Schwestern Anfang der Achtzigerjahre noch immer berufstätig. Sie waltete, in der Mittagspause durchaus mal einem *Viertele Wein* zugeneigt, als *liebes Fräulein Z* hinter dem Tresen ihrer Apotheke, in der viele Arzneimittel, vor allem Salben, noch individuell zubereitet wurden. Der Nachwelt ist entfernt eine von Irene hergestellte Glycerinsalbe in Erinnerung, die nur mit Stahlwolle wieder von den Händen gegangen sei. Da es in Apotheken damals noch kein »umfangreiches Beauty- und Pflege-Sortiment« gab, freute ich mich umso mehr, wenn Tante Irene mir ein paar *Pröbchen* von Weleda, die bunten, separat eingepackten, herrlich mundrunden Traubenzucker und selbst ein paar der faderen *Medi & Zini*-Hefte in die Hand drückte.

Wenn wir nach Stuttgart reisten, übernachteten wir nie in der Röckenwiesenstraße und nur selten in Sillenbuch, wo Irene 1970, nachdem sie zunächst in einer kleinen Wohnung über der Apotheke untergekommen war, ein großes Haus in der Friedrich-Zundel-Straße gekauft hatte. Dennoch fuhr man nicht *in die Friedrich-Zundel-Straße* wie *in die Röckenwiesenstraße*, sondern *nach Sillenbuch* oder *zur Irene* – mit einer für norddeutsche Ohren irritierenden Betonung auf der ersten Silbe. Die sanfte »Irene« mit dem mittig betonten, langgezogenen »e« verwandelten mein Vater und seine Schwestern in eine zackige *Irrene*, die eher an eine Irre oder Irrende denken ließ als an die namensgebende Friedensgöttin. Meine Mutter verweigerte sich dieser im Familienclan gebräuchlichen Aussprache. Ich selbst bemühte mich zwar, beim Bäcker *Laugaweggla* statt -brötchen zu sagen, um nicht als fremd aufzufallen, konnte aber im Falle des Tantennamens beim besten Willen nicht auch noch über meinen hochdeutschen Schatten springen. In *der Röckenwiesenstraße* schwangen nicht nur die benachbarten Kindheitsorte *Reinsburgstraße* und *Hasenbergsteige* mit, dort stand nicht zuletzt auch das rote Übergangsobjekt: Die Wohnung von Hanne und Marianne wollte noch immer Elternhaus sein. Irene jedoch war knapp zehn Kilometer weit weg in einen anderen Stadtteil gezogen und hatte sich direkt am Silberwald ihre eigene Existenz aufgebaut.

In dem stattlichen, in meiner Kindheit gelb getünchten Haus hatte sie die beiden unteren Stockwerke vermietet und begnügte sich selbst mit der vergleichsweise bescheidenen Dachwohnung. Neben Hildes Sterbezimmer und Irenes Schlafzimmer gab es dort eine kleine Küche, in der bei unseren Besuchen das Osterfrühstück mit dem obligaten Malventee zubereitet oder Kuchen vom Café Rosenstöckle ausgepackt wurde; ferner ein verwinkeltes Wohnzimmer mit Sofaecke und Flügel. Klavier spielte Irene ebenso forsch, wie sie Auto fuhr, ihre Haltung auf dem Klavierhocker glich in etwa der hinter dem Lenkrad: Es fehlte alles Runde, Fließende. Meine Mutter, die als Streicherin ohnehin in einer lebenslangen Konkurrenz zu dem angeblich klirrenden Klavierklang stand, rügte im Stillen Irenes *harten Anschlag;* das gemeinsame Musizieren hatten die beiden spätestens zu meiner Zeit längst aufgegeben.

Dafür pflegte Irene, der familientypischen Umtriebigkeit getreu, neben den gemeinsamen Reisen und Sonntagsausflügen mit den Stuttgarter Schwestern eine ganze Reihe anderer Freizeitbeschäftigungen. Ihr botanisches Interesse zog sie durch die Vermittlung von anthroposophischen Kunden hin und wieder in die Weleda-Heilpflanzengärten in Schwäbisch-Gmünd; sie war aktiv für das katholische Kolpingwerk tätig, Mitglied in der deutsch-griechischen

Gesellschaft sowie im Heliand-Bund, einem aus der katholischen Jugendbewegung hervorgegangenen Kreis für Frauen mit hohem Bildungsanspruch und spirituellem Bedürfnis. Außerdem engagierte sie sich in der Sillenbucher Pfarrei Sankt Michael, besuchte mit ihren ebenfalls ledigen Freundinnen Konzerte und Vorträge und ging regelmäßig *zum Yoga,* worunter ich mir als Kind nichts vorstellen konnte. Jetzt, wo ich es kann, bleibt die gymnastische Tante mir allerdings mindestens ebenso unvorstellbar.

Irenes Faible für Frauen- beziehungsweise Mädchenbünde und die auf Dogmen, Ritualen und Gehorsam beruhende, für den Katholizismus konstitutive Hierarchie hatte sie als junge Frau, damals nicht nur blauäugig, sondern außerdem noch weizenblond, der nationalsozialistischen Spielart in die Arme getrieben: So musste sie als BDM-Führerin nach dem Krieg entnazifiziert werden. Die vielbeschworene Anmut hatte Irene sich auch durch hartnäckige Leibesübungen nicht einbläuen lassen. War sie vielleicht sogar umgekehrt durch das Erziehungsideal des BDM, das erstaunlich unideologisch für die Berufstätigkeit der Frau eintrat, bestärkt worden, sich nicht auf ein Leben am Herd festlegen zu lassen? Irenes blauer BDM-Gürtel überlebte noch viele Jahre als Riemen um ihren Diakoffer. Was sie damit festzurrte, lag ihr übrigens sehr am Herzen. Irene hatte einen wachen Blick für die Natur, für Pflanzen und Landschaften, die sie auf Dias, leuchtenden Blumenfotografien oder matt glänzenden Schwarz-Weiß-Aufnahmen erhabener Gebirgspanoramen festhielt. Durch ihr Auge sind der Nachwelt Ansichtskarten vom Genfersee überliefert, aus dem Fritztal, vom Benediktinerkloster San Pietro di Sorres auf Sardinien; blühender Enzian, purpurfarbene Alpennelken, gelbe Sonnenröschen, gedruckt mit einer matten Beschichtung der Firma Agfa. Hin und wieder, schließlich nahm man sich nicht allzu wichtig, auch das, was in meiner Kindheit *Männekenbilder* hieß, die Schwestern bei der Brotzeit im Gebirge oder ein Betriebsausflug mit den Apothekenangestellten in Horb: fünf gut gelaunte Frauen in überknielangen Röcken, flankiert von den treuen Sonntagsbegleiterinnen Marianne und Hanne im Jahr 1955 vor dem Museum Unterlinden in Colmar.

An weitere Relikte nach Art des Gürtels, oder waren es doch kleine Reliquien, kann ich mich bei den anderen Tanten nicht erinnern. Zuhause in Celle gab es allerdings einen Ahnenpass mit Reichsadler und ohne Hakenkreuz von 1936 – mein Vater war damals zwölf –, auf dessen eng beschriebene Seiten man sich in seiner linienstolzen Herkunftsfamilie sicher etwas zugutehielt. Ganz unten im Regal zwei verstaubte Exemplare der Hitler'schen Festungsschrift und des *Mythos*. Als Benjamin der Familie war mein Vater vor allem mit Irene, der Zweitjüngsten, aufgewachsen; und auch er hatte sich von den Jugendverbänden der Nazis mitreißen lassen, in eine Grauzone, die den Vorgeborenen erspart geblieben war.

Irene, meine Patentante, war die erklärte Lieblingsschwester meines Vaters, wobei in diesem Fall nur ein schwacher Funke der Behaglichkeit auf mich übersprang. Ihre Geschenke, an die ich mich im Einzelnen nicht mehr erinnere, waren immer großzügig, in erster Linie aber pädagogisch wertvoll. Es ging viel um Kunstgeschichte und Geschichte. Zeitweise teilte ich immerhin ihre Begeisterung für die Botanik, die sich bei ihr in einem enzyklopädischen Wissen und gekonnten Pflanzenfotografien äußerte, bei mir in der Anlage eines kleinen Herbariums, das ich eine Weile lang eifrig, irgendwann nur noch halbherzig und schließlich gar nicht mehr mit zwischen Löschpapier gepressten Pflanzenproben bestückte. Die Töchter meines Cousins, die Irene als Großtante erlebten, erinnern sich an sie als gestrenge Babysitterin, der sie ihre Religionshefte vorzeigen mussten; aber auch an kleine Geschenke in Form von Süßigkeiten, an gemeinsame Brett- und Laufspiele und an Irene als geduldiges Standbein beim Gummitwist.

Irene zählte mit Marianne zu den besser verdienenden Schwestern, lud wie diese den Rest der Familie gerne in Stuttgarter Traditionslokale, zum »Ketterer« oder in die »Alte Kanzlei« ein. So wie Marianne meinen Vater in jungen Jahren unterstützt hatte, sagte auch Irene ihrem Bruder Karl-Eugen bei dessen Praxisgründung sofort eine Bürgschaft zu. Sie mochte ihren nächsten Angehörigen gegenüber spendabel sein, geschäftstüchtig war sie nur, solange es ihre Prinzipien erlaubten. Einem gewinnversprechenden Ausbau der Apotheke verweigerte sie sich ebenso hartnäckig wie den angeratenen strategischen Manövern mit der geldgebenden Bank. Hinter dem Tresen der Sonnenapotheke war Irene auf geradezu geschäftsschädigende Weise stur und unnachgiebig. Mein Cousin, der später den gleichen Berufsweg einschlagen sollte, spricht scherzhaft von ihrem *patriarchisch-christlich-nazistischen* Führungsstil. Sie konnte etwas Herrisches an sich haben, mit barschem Gruppenleiterinnenton ihre Angestellten zurechtstauchen, wenn sie in die Arbeitszeit ein privates Telefonat oder eine Besorgung im *Städtle* einschoben. Integer, fachlich unbestechlich und in der Weitergabe ihres Wissens absolut großzügig. Zeitlebens weigerte sich Irene standhaft, Kondome und Kontrazeptiva zu verkaufen. Die Zusammenarbeit mit der Frau meines Cousins, die als junge Apothekerin jahrelang bei ihr aushalf, war konfliktreich und von dem für die Tanten typischen Schwiegermuttersyndrom geprägt: Brigitte konnte tun, was sie wollte, sie kam auf keinen grünen Zweig und schon gar nicht in die engere Wahl, als es Mitte der Achtzigerjahre galt, das Geschäft aus der Hand zu geben. Schließlich ging die Sonnenapotheke weit unter Wert an zwei alleinstehende, ältere Damen.

Die
Nervenärztin

Auf Mariannes Briefkopf aus den späten Vierzigerjahren stand »Fachärztin für Nerven- und Gemütskrankheiten«, und auch als Kind hörte ich meine
Mutter von ihr stets ehrfurchtsvoll als *meine Schwägerin, die Nervenärztin* sprechen. Diese Bezeichnung
stammte aus einer Zeit, als die Fachgebiete der Neuro-
logie und Psychiatrie in Deutschland noch unter dem
Oberbegriff der Nervenheilkunde zusammengefasst
wurden. Nach wie vor gibt es unter niedergelassenen
Ärzten solche, die einen Zusammenhang zwischen or-
ganischen Nervenkrankheiten und psychischen Stö-
rungen behandeln, im Klinikwesen werden die beiden
Fächer inzwischen jedoch separat vertreten. Ab den
späten Fünfzigerjahren waren Mariannes Kuverts mit
einem schlichten »Dr. med. Marianne Z« versehen, eine
fest mit dem Namen verwachsene Berufsbezeichnung,
die auch ich in meiner Kindheit, um die korrekte An-
rede *Fräulein Dr. med.* ergänzt, auf die Umschläge meiner obligatorischen Dankesbriefe zu schreiben hatte.
In meiner Erinnerung trugen alle Tanten das Prädikat
Fräulein mit Selbstbewusstsein.

Marianne, das einzige der sechs Kinder, für dessen
Ausbildung der Vater vollständig aufkam, hatte ab 1926

in Tübingen, Freiburg, München und, wohl aus einem wachsenden Interesse an der Psychiatrie heraus, in Wien Medizin studiert. Nachträglich lässt sich nur spekulieren, ob sich auch die kognitiven Einschränkungen, unter denen die vier Jahre jüngere Hilde litt, auf ihre Spezialisierung ausgewirkt haben mögen. Gesprochen wurde darüber nicht. Anhand ihrer Korrespondenz und ein paar verstreuter Fotos lassen sich Mariannes erste berufliche Stationen wie zaudernde, kleine Fähnchen auf eine Karte des gemütskranken Landes stecken. Noch 1930 gingen die Briefe der elsässischen Verwandten an *Fräulein Marianne Z., cand. med.* in Freiburg. Drei kleinformatige Fotos mit der Beschriftung *Cannstatt Pathol.* aus den Jahren 1932/1933 zeigen sie, gelöst lächelnd, die dicken Haarflechten seitlich hochgesteckt, als wissenschaftliche Stipendiatin beim Mikroskopieren in Bad Cannstatt, der letzten Etappe ihrer Ausbildung. Ein dankbarer Patientenbrief aus dem Jahr 1935 erreichte das fertige *Fräulein Dr. med.* dann im Stuttgarter Bürgerhospital, wo Marianne ab 1933 als Volontär- und später Assistenzärztin bis zum Sommer 1938 entscheidende Weichen für ihre berufliche Zukunft stellte.

Ab 1936 übernahm sie neben ihrer Tätigkeit am Bürgerhospital auch Vertretungen an der neu gegründeten Ulmer Privatklinik für Nervenkranke unter der Leitung von »Dr. med. Marie Rueff. Fachärztin für Nerven- und Gemütskranke«, einer Vorgesetzten, mit der sie jahrelang in einem herzlichen, freundschaftlichen Kontakt stehen sollte. Ihr ebenfalls in Ulm aushelfender Kollege, Werner B., den Marianne am Bürgerspital kennengelernt hatte, schrieb ihr 1938, sie werde von den Ulmer Patienten vermisst, sei geradezu *in einer beleidigenden Art beliebt.* Inzwischen hatte Marianne eine Praxisvertretung in Reichenbach im Vogtland übernommen und klagte von dort aus dem Kollegen ihre Einsamkeit, haderte mit dem *armen Tier an sonntäglichen Momenten.* Meinte sie damit eine untergründige Schwermut, die sie befiel, sobald die Arbeit nicht mehr alle Kräfte forderte? Wenn niemand da war, mit dem sie sich beim traditionellen Sonntagsausflug den Kummer von der Seele laufen konnte? Unterdessen hoffte Marie Rueff, Marianne wieder für eine Vertretung in Ulm gewinnen zu können, und schrieb ihr in einer düsteren Vorahnung am 17. September 1938: *Im Krieg würde die Klinik weitergehen, nur mit sehr viel mehr Betten.* In Anbetracht der instabilen politischen Lage wisse sie jedoch, dass *jetzt der Einzelne nicht disponieren* könne und Marianne nur schwer abzuwerben sei. Bereits im Juli 1938 hatte Marie Rueff Marianne geraten, sich an der Neurologischen Klinik am Hansaplatz in Berlin zu bewerben: *Es ist immer leicht eine Stelle als Nachtdienstarzt an einer Privatklinik zu bekommen. Wenn Sie dann in den Morgenstunden volontieren, können Sie nachmittags schlafen, und verdienen doch Ihren Unterhalt.* Dieser Plan ließ sich offenbar verwirklichen, denn bis März 1939 erhielt Marianne ihre Post unter der Adresse Lessingstraße 6 im Berliner Hansaviertel. Gleich im Anschluss absolvierte sie eine längere Vertretung in Mönchengladbach, bevor es über eine kurze, unbefriedigende

Station in Stuttgart als Notdienstverpflichtete weiter nach Esslingen ging, wo die junge Ärztin, nun sichtlich wieder zufrieden mit ihrem beruflichen Schicksal, bis September 1940 in der Nervenheilanstalt Kennenburg ihre Post empfing.

Ulm, Reichenbach, Berlin, Mönchengladbach, Stuttgart, Esslingen – so die atemlosen Stationen der mobilen jungen Nervenärztin, die von einem hartnäckigen Willen, von Anpassungsfähigkeit, Durchsetzungskraft und strategischem Geschick zeugen, zumal Marianne nie in die Partei eingetreten war. Vermutlich wusste sie klug die Lücken zu nutzen, die ihr die männlichen Kriegsteilnehmer hinterließen. Die verdiente, hart erarbeitete Anerkennung folgte in der Stuttgarter Heimat, als Marianne im Herbst 1941 am Bürgerhospital erst als Assistenzärztin, ab Juni 1944 dann als Oberärztin den Chefarzt der psychologisch-neurologischen Abteilung vertrat und monatlich etwas über 600 Reichsmark, sprich das Doppelte ihrer Assistenzärztinnenzeit verdiente. Für ihre Arbeit wurde sie mit dem »Kriegsverdienstkreuz 2. Klasse für städtische Dienste« ausgezeichnet. Ihre Verdienste reichten allerdings nicht, um ihre Stellung über das Kriegsende hinaus zu retten, denn ein männlicher Heimkehrer nahm wieder seinen Platz ein, der doch längst ein anderer und der einer anderen war.

Was mag meiner Tante wohl in den Jahren der mit Gemütskranken so unmenschlich verfahrenden Machthaber und Handlanger begegnet sein? Wie stand sie zu der »freiwilligen Eugenik«, die Alexis Carrel in seinem Buch propagierte, wie zu der Zwangseugenik der Nazis? Ich denke sie mir in einem hellen Grisaille, möchte mir die dazwischenliegende Zone lieber nicht allzu grau ausmalen. Was vermochten die katholische Erziehung, der feste Glaube, das Aufrechte an ihrem Wesen? Für kurze Zeit, im Oktober 1941, war Marianne auf die Abteilung für Erb- und Rassenpflege beim Gesundheitsamt Stuttgart notverpflichtet worden. Bereits im Januar 1940 hatte die Aktion T4 mit den zentralisierten Gasmorden an Psychiatrie-Patienten und Behinderten begonnen. Von April bis September 1940 arbeitete Marianne in der privaten Heilanstalt Kennenburg. Acht Patienten wurden aus Kennenburg in die Tötungsanstalten der Nazis abtransportiert: sieben davon im Jahr 1940 in das württembergische Grafeneck auf einem Höhenzug der Schwäbischen Alb bei Reutlingen, wo das deutschlandweite Morden seinen Anfang nahm; eine weitere Patientin 1941 nach Hadamar. Auf der Transportliste hatten ursprünglich fünfzehn Namen gestanden. Offenbar gelang es also den Kennenburger Ärzten mit persönlichen Gesprächen im Stuttgarter Ministerium, sieben Patienten vor dem Schlimmsten zu bewahren; nicht aber die anderen acht.

Ich frage mich, wie meine Tante dieses Mitwissen verarbeitete; wem sie sich möglicherweise anvertraute; wann sie es in sich verschloss. Wir Nachgeborenen erfuhren nur vermittelt davon, wussten aus Andeutungen lediglich, dass etwas gewusst worden war. Mein Cousin erinnert sich, dass in späteren Gesprächen hin und wieder Vergewaltigungen erwähnt worden seien, Abtreibungen, von denen die Tanten bei Kriegsende erfahren hätten. Unter der französischen Flagge marschierten im April 1945 vor allem die afrikanischen Hilfstruppen der Franzosen – Marokkaner, Algerier, Tunesier, Senegalesen – in Stuttgart ein. Soldaten, die von der eigenen Armee an vorderster Front eingesetzt, als Kanonenfutter erschöpft und gedemütigt worden waren. Im Bürgerspital seien die Frauen in Diakonissinnen-Trachten gesteckt und vor potenziellen Peinigern außerdem mit aufgemalten Maserpusteln geschützt worden. Als Marianne sich auf der französischen Kommandantur beherzt über die nordafrikanischen Soldaten beschwert habe, sei ihr beschieden worden, die marokkanischen Truppen unterstünden direkt dem König von Marokko: Den Franzosen glaubte sie nur zu gern. Und – es geht die Mär von einem Senegalesen, der zum Plündern in die Hasenbergsteige gekommen sein, beim Anblick eines Kruzifixes entsetzt seine Waffe fallen gelassen und auf dem Absatz kehrtgemacht haben soll: Die Tanten hätten das zweifelhafte Beweisstück anschließend vergraben. Gekreuzigt, geflohen und begraben. Mit dem Kriegsbeil verschwand auch ein weiteres Stückchen Vergangenheit im Stuttgarter Boden.

Marianne war nicht die Einzige, die in jenen Jahren als Ärztin für Nerven- und Gemütskrankheiten mit einer vielleicht permanenten inneren Zerrissenheit zu hadern hatte. Als »lebensunwertes Leben« galten den

Nazis auch Soldaten, die schwer traumatisiert aus dem Ersten Weltkrieg zurückgekehrt waren und in der Folgezeit bleibende geistige Schäden entwickelten. Einer von ihnen war der Ulmer Gefreite Karl Rueff, der es binnen drei Jahren zum Leutnant der Reserve gebracht hatte, dann aber bei der großen deutschen Frühjahrsoffensive im Jahr 1918 schwer verwundet worden war: Lungen-Bauchsteckschuss. In ihm öffnete sich ein bodenloser Abgrund, und neben dem Projektil im Körper saß ihm fortan auch ein vergifteter Pfeil in der Seele. In der Tübinger Universitätsnervenklinik wurde der Zustand des hochgradig suizidgefährdeten Patienten, den man nach heutigem Erkenntnisstand wohl als »Traumafolgestörung« bezeichnen würde, recht fortschrittlich als »manisch gefärbte reaktive Psychose« eingeordnet. Schon anders dann der Tenor in der Heilanstalt Rottenmünster, wo das Verdikt »dementia praecox« lautete und eine weitere Anstaltsbehandlung angeraten wurde. Dennoch entschied sich die Familie im Jahr 1921, Karl, den Bruder von Mariannes Vorgesetzter Marie Rueff, zu Hause zu betreuen. Die Bilder der Vergangenheit blieben jedoch zu übermächtig: Zerstörungssucht, Halluzinationen, Gewalttätigkeiten gegen die engsten Angehörigen – Karl musste ab 1924 den Rest seines Lebens in der Heilanstalt Schussenried verbringen. Am 17. Juni 1940 notierte der dienst habende Arzt die Worte »leer«, »dement«, »Endzustand« in Karl Rueffs Krankenakte. Einen Tag später wurde der verdiente Frontkämpfer nach Grafeneck gebracht. Nur Stunden später endete er im Gas. Seine Schwester, deren Nervenklinik sich in einem Teil des elterlichen Hauses in der Ulmer Frauenstraße befand, sollte später über seine dunklen Jahre sagen: »Er hat überhaupt ganz noch im Kriege gelebt.« Über sein Schicksal schwieg den Nachkommen gegenüber auch sie.

Schon bald nach dem Krieg ließ sich Marianne mit einer eigenen Praxis in der Hasenbergsteige 4, dem inzwischen mutterlosen Elternhaus, nieder. In direkter Nachbarschaft zu ihren ebenfalls noch dort lebenden erwachsenen Schwestern; zum verwitweten Vater, der drei Jahre später starb. Noch 1957 schrieb mein Vater aus Kalifornien: *Die Patienten werden sich vermutlich nach wie vor bei ihrem Gang zur Toilette zuweilen in der Tür irren und entweder in der Küche oder in Mariannes Schlafzimmer auftauchen.* Als im Zuge der Währungsreform 1948 an alle Haushalte ein Kopfgeld von 40 DM ausgegeben wurde, schenkte die »Fischmutter« ihrer Nichte den eigenen Anteil als zusätzliche Starthilfe. Erst Ende der Fünfzigerjahre erwarb Marianne mit dem erarbeiteten Geld die neuen Räumlichkeiten in der Paulinenstraße und verpachtete sie zunächst, bevor sie ab dem Spätsommer 1964 selbst dort praktizierte. Unter Mariannes Patienten waren auch KZ-Überlebende: schwer Traumatisierte, in vielerlei Hinsicht Kriegsgeschädigte, Schattengestalten der finsteren Jahre. Manche machten ihrer Nervenärztin Geschenke – ein uraltes Eau de Cologne, das noch nach Jahrzehnten in den Schränken lag –, andere sprachen schriftlich ihren Dank aus: *Es geht mir viel besser als damals in den schwarzen Junitagen.*

Ich denke so gerne an den Besuch bei Ihnen und wie Sie mich aufgerichtet haben. Wäre ich nur eher zu Ihnen gegangen! Die Depression kommt nur noch selten wieder, ich bin so froh, wenn sie mal ganz fort ist, heißt es in einem Brief aus Caracas im Februar 1958. Über diese Kriegsopfer haben wir in der Familie später nicht mehr erfahren als über jene, deren Leben als unwert gegolten hatte. Auch darüber nicht, wie Marianne den Wechsel der Fronten empfunden haben mochte, der sie nunmehr auf die helle Seite katapultiert hatte. Im Patientengespräch denke ich mir die Tante, der ich mich selbst nie vertrauensvoll hätte öffnen mögen, zugewandt, hochkonzentriert, ernsthaft. Kompetent und kontrolliert. Nicht übermäßig empathisch. Ich, als verwöhnte, komfortabel aufgewachsene Spätgeborene, hätte Angst gehabt vor ihrer Strenge. Vor der Unnachgiebigkeit, mit der meine Tante *en famille* ihre weiche, empfindsame Seite panzerte. Unbestechlich war Marianne auch in Fragen der Außenwirkung. Die Teilnahme an Ärztekongressen schlug sie grundsätzlich aus – mit dem Argument, ihr Essen könne sie schließlich selbst zahlen. Vielleicht, stelle ich mir vor, mochte sie auch nicht einfach zwischen lauter schwadronierenden Herren alleine stehen?

Als niedergelassene Ärztin setzte Marianne auf eine konventionelle, medikamentöse Behandlung, auf die herkömmliche Gesprächstherapie. Immer wieder huscht der Schatten der eigenen Schwermut über ihren Briefwechsel mit dem Stuttgarter, später Ulmer Kollegen Werner Behrmann: als das besagte *arme Tier*, in

Form *schwerer Stimmungsschwankungen*, als *arges Deprimiertsein*. Auch der Kollege bezeichnet sich als *depressiv*, klagt über seine *abscheuliche Stimmung*, die den *psychischen Einflüssen der Umstellung und seiner Versetzungsdepression* geschuldet sei, über *nächtliche Angstzustände*; kennt sich *in diesen Schwankungen bald selbst nicht mehr aus*. Die beiden jungen Ärzte, die diese Verfassung aus eigener Anschauung kennen, sezieren besorgt das Innere der Institutionen. In den Dreißigerjahren war die Depression als Krankheit noch nicht lange anerkannt; dazu kam ein gesellschaftliches Klima, das auf unbedingte Willensstärke und gegen jede Schwäche gedrillt war. 1938 berichtete Werner Behrmann aus der Ulmer Nervenklinik erschüttert über den *leichtsinnigen Umgang* mit Depressionen, die hohe Suizidgefahr in seinem Umfeld und einen tatsächlich vorgefallenen Selbstmord, *über den natürlich nicht gesprochen* werde. Als er ein Jahr später an die Frankfurter Poliklinik versetzt wurde, merkte er dort *von psychiatrischer Haltung eigentlich wenig, von psychologischer Einfühlung und Rücksichtnahme auch wenig* und konstatierte vollmundig, das Stuttgarter Bürgerhospital habe demgegenüber *natürlich auch durch uns ein hervorragendes Niveau* gehabt; jedenfalls komme ihm die damals gemeinsam erlernte *psychologisierende Betrachtungsweise* sehr zustatten.

Im Umgang mit ihren engsten Verwandten zeigte Marianne allerdings eine erhebliche Undurchlässigkeit. Sie lebte mit einer Schwester zusammen, die hinter ihrer schalkhaften Fassade, so diagnostiziert es mein Cousin rückblickend, an schweren Depressionen

litt: Hanne nahm Medikamente, kam aber allem Anschein nach nicht in den Genuss hilfreicher Gespräche
mit ihrer Schwester. Stattdessen fielen Sätze wie *Da
reißt man sich einfach tsamme* oder *Damit kann man auch
fertig werden.* Auch aus den kolumbianischen Briefen
meines Vaters spricht das Bewusstsein von den für
die Familie typischen *pessimistischen Gedankenverbin-
dungen,* die Erinnerung an den grauen und düsteren
November, *wo Hanne immer ihre Zustände in der dunklen
Wohnung bekam.* Manchmal litt er jenseits des Atlantiks
an Heimweh – *und dann möchte man, wie Hanne, alles und
alle ohrfeigen. Diese Zimmerlische Eigenart ist uns auch hier
nicht verloren gegangen.* In der familiären Überlieferung
wurde die depressive Veranlagung als konstitutives
Merkmal gedeutet, damit aber auch als schicksalhaft
mystifiziert. Grenzen wurden verwischt, Anfälle von
Heimweh, einfache Stimmungsschwankungen und
schwere Depressionen in einem Atemzug genannt;
Symptome einer existenziellen Bedrohung bagatelli-
siert, allzu menschliche Gefühlsausschläge überhöht.
Der irritierende Ton, in dem *das arme Tier* so nicht etwa
gezähmt, sondern in einen familiären Wappenhalter
verwandelt wird, erinnert an die auf ähnliche Weise
zur Schau gestellte Umtriebigkeit, an die familientypi-
sche Rastlosigkeit. Kaum ein Brief aus Kolumbien, in
dem mein Vater seine Schwestern nicht wegen ihres
permanenten *Wettrennens* und der *Strapazen* der All-
tagsarbeit bedauert oder der *umtriebigen Hasenbergsteig-
ler* in ihrem *Sielendasein* gedenkt. In jedem Geburts-
tagsschreiben an Marianne mahnt er zum beruflichen

Kürzertreten, wünscht ihr Erholung und den verdienten Urlaub, ihr, *die wieder so fest und angespannt in der Arbeit steht*; animiert sie ein Jahr später, trotz *Deiner Veranlagung* und der *zum Familienübel gewordenen Motorik*, zu mehr Gelassenheit; und findet bei der Erinnerung an *unseren Uhren liebhabenden Vater* ein schönes Bild für die spezifische Familiendisposition: *Vielleicht war es auch der Ausdruck seiner Motorik, dass er so viele andere unruhige Motoren um sich hatte.*

Vielleicht nicht nur seiner, sondern einer schon länger tradierten Motorik, frage ich weiter? Unwillkürlich denke ich über den begeisterten Tantenvater hinweg an den elsässischen Urahnen, der das hochkomplizierte Räderwerk im Straßburger Münster geschaffen, der sich eingehend mit Schwingungsdauer und Schwingungsweite der Unruh befasst hatte. Die Ruhelosigkeit der Tanten scheint mir auch Passion gewesen zu sein, Gedrängtsein und Drang in einem. War ihre Umtriebigkeit vielleicht nur der zweite Wappenhalter des Familienschildes, die andere Seite der Medaille? Überspielte der übermäßige Bewegungsdrang, das Agitiertsein, depressive Symptome? Der permanente Aktionismus der Tanten, ihre Rastlosigkeit am runden Tisch, Mariannes fast fanatischer beruflicher Einsatz, ihr Perfektionismus – unablässig tickende Uhrwerke. Zeitmesser einer Epoche, die keine Schwäche duldete. Und die zumal von den Frauen nach den Strapazen des Krieges übergangslos den Wiederaufbau forderte, frei nach dem schwäbischen Diktum *Schaffa, schaffa, heisle baua.*

Die
Kirch im Dorf

An Kirchgänge mit dem Tantentrio oder gar -quartett habe ich keinerlei Erinnerungen. Ich weiß noch nicht einmal, wo – später lasse ich mir sagen, in Sankt Elisabeth – die Röckenwiesenstraßen-Tanten in die Sonntagsmesse gingen, weil wir nicht im Stuttgarter Westen übernachteten. Neben Hilde mit ihren Wallfahrten und Papstbildern war und blieb die kirchliche Bezugsperson, die schon auf den Bildern von Taufe und Erstkommunion neben mir gestanden hatte, meine Patentante: Irene, die begeistert die Schriften des Naturforschers und Jesuiten Teilhard de Chardin las, dessen Namen sie so schwäbisch aussprach, dass ich ihn erst viele Jahre später mit der geschriebenen Fassung in Übereinstimmung brachte. Irene, die Heliand- und Kolpingfrau, die Verbands- und Vereinstüchtige, war auch ein engagiertes Mitglied ihrer Kirchengemeinde Sankt Michael in Sillenbuch. Bei unseren Besuchen folgten wir ihr in den nur fünf Fußminuten entfernten, schlichten weißen Fünfzigerjahrebau an der Mendelssohnstraße mit dem weithin sichtbaren Glockenturm. Die Gemeinde der 1953 geweihten Kirche war von Mitgliedern des Augustinerkonvents, die im sogenannten Klösterle direkt neben der Kirche untergebracht waren, aufgebaut worden. In dem bis zu seiner Eingemeindung 1937 noch stark dörflich geprägten Sillenbuch war die Zahl der Katholiken von nur 2 im Jahr 1900 durch zahlreiche sudetendeutsche Vertriebene in den Nachkriegsjahren auf ungefähr 1200 im Jahr 1950 angewachsen; wie übrigens in den meisten katholischen Kirchengemeinden der pietistischen Diaspora. Eine Enklave, in der die barocke Sinnenfreude des Katholizismus in der asketischen Strenge des Pietismus aufging. Auch über Stuttgart wehte etwas von dem protestantischen Geist, der über der norddeutschen Tiefebene hing. Hanne brachte dem Leiter der Gächinger Kantorei, Helmuth Rilling, eine uneingeschränkte Verehrung entgegen und verfolgte in den Siebziger- und frühen Achtzigerjahren mit andächtiger Konzentration seine Schallplatteneinspielungen der geistlichen Bachkantaten. Mit ihrer nüchternen Wesensart und ihrem unbestechlichen Arbeitsethos standen die Tanten der protestantischen Mentalität vielleicht näher, als ihnen selbst geheuer war, und doch oder gerade deshalb zog es sie mit jeder Faser ihres Körpers in die dem evangelischen Norden entgegengesetzte Richtung.

Sankt Michael in Sillenbuch zeigte noch die Prägung der Neuen Sachlichkeit. Der von Hans Herkommer entworfene und von angesehenen Künstlern wie dem Bildhauer Otto Herbert Hajek und dem einst als »entartet« geschmähten Maler Wilhelm Geyer ausgestattete Bau hatte etwas wohltuend Aufgeräumtes. Ein heller, rechteckiger Einraum, der eher an frühchristliche als an schwäbisch-regionale Traditionen anknüpfte. Die vergleichsweise moderne Ausstattung verdankte sich zum größten Teil dem in Stuttgart weitbekannten Stadtpfarrer Hermann Breucha, der als Kunstsachverständiger und Berater des Bischöflichen Bauamtes in Rottenburg die ausführenden Künstler hatte gewinnen können. Aus dem Mund der Tanten, besonders bei Irene, hieß er nur *der Breucha*, eine Gestalt, unter der ich mir als Kind naturgemäß nicht viel vorstellen konnte, die aber unwillkürlich etwas Verstaubtes, Altherrenhaftes ausstrahlte. Er war einer der wenigen Männer, die im Erzählen der Tanten ab und zu eine Rolle spielten, und als Mitbegründer der ökumenischen Stuttgarter Una-Sancta-Bewegung vermutlich weit weniger verstaubt, als es mir damals vorkam. Der charismatische Stadtpfarrer stand für einen Kulturkatholizismus im wörtlichen Sinne, für eine sanfte Modernisierung im Geiste des Zweiten Vatikanums. Die Tanten, unschlagbar firm in Fragen der christlichen Ikonografie, folgten dieser Strömung gewohnt neugierig und debattenfreudig. Die bildende Kunst war ihnen stets ein besonders willkommenes Medium, um sich liturgischen Neuerungen oder Diskussionen zu öffnen. Das umstrittene Richter-Fenster im Kölner Dom Anfang des neuen Jahrtausends haben sie nicht mehr erlebt, doch es hätte sie mit Sicherheit bewegt und beschäftigt.

Und wieder waren es Frauen, alleinstehende Frauen, die zu Männern wie Hermann Breucha die Verbindung herstellten. Pfarrhaushälterinnen oder, wie es früher hieß, Pfarrersköchinnen, eine im katholischen Milieu hochgeachtete Berufskategorie: »Frauen, die einen Pfarrhaushalt führen, leisten einen kirchlichen Dienst, denn mit ihrer Sorge machen sie den Priester freier für seine pastoralen Aufgaben«, heißt es nach dem Beschluss der gemeinsamen Synode 1976 heute noch immer auf der Website des Bundesverbands Pfarrhaushälterinnen Deutschland. Die private Verbindung *zum Breucha* wurde durch eine entfernte Cousine aus der Ellwanger Familie, Franziska Werfer, geknüpft. Doch *Base* Fanny war weder Köchin noch Haushälterin, sie war *Hausdame*. Ein Jahr vor Marianne, 1906, geboren, hatte sie 1925 als einziges Mädchen in Ellwangen Abitur gemacht, anschließend Germanistik, Philosophie und Katholische Theologie studiert und 1929 als erste Frau und Laiin die Akademische Schlussprüfung in Tübingen abgelegt, bei der sie in einem anderen Raum als die Priesteramtskandidaten sitzen und die Fragen durch eine Verbindungstür beantworten musste. Während ihrer langjährigen Tätigkeit als Religionslehrerin im Dienst der Kirche kleidete sie sich bewusst einfach und verzichtete weitgehend auf persönliches Eigentum. Jahrzehntelang lebte sie in einer Hausgemeinschaft mit Hermann Breucha und der gemeinsamen Weggefährtin Maria Glaser-Fürst, *der Glaser*, wie Hanne etwas ruppig zu sagen pflegte. Nach dem Tod des Oberhauptes der Heiligen Familie erlebte ich Frau Glaser, so meine um Höflichkeit bemühte Mutter, noch bei einem unserer seltenen Besuche in der bescheidenen Hinterbliebenenwohnung als strenge, sehr aufrechte Erscheinung. Fanny hingegen hatte einen kindgerechten Namen, war klein und hutzelig, nicht weniger umtriebig als die Tanten und mit einem Nimbus fortschrittlich-katholischer Intellektualität bekrönt. Diese unbestimmte Erinnerung erfuhr eine nachträgliche Bestätigung, als ich bei meiner Suche nach Erinnerungsschnitzeln auf einen Umschlag mit Fotos stieß, auf dem mein Vater vermerkt hatte: *1× Fanny Werfer: Untermieterin in der Paulusstraße 6, 1. Katholische Religionslehrerin in Württemberg, entfernte Base und positiver Feuerkopf.* Fanny muss demnach vor ihrer spirituellen *ménage à trois* für eine Weile bei den *Tanten in der Paulusstraße* gewohnt haben. Geistig rege Lebens- und Lebensabschnittsgemeinschaften, Basenseilschaften, Solidarität unter alleinstehenden Frauen, womöglich auch gegenseitige Unterstützung in dem für Frauen, zumal für berufstätige, vermutlich eher sperrigen katholischen Milieu, in dem es auch die Paulinenstraßentante Therese beim Caritasverband zu Ansehen gebracht hatte.

Oder war dieses Milieu für berufstätige Alleinstehende gerade ein Segen? Wie stand die katholische Kirche zu ledigen Frauen, die sich nicht dem hehren Ziel der Pfarrersbetreuung verschrieben hatten? Durch die Hochschätzung der Jungfräulichkeit grundsätzlich wohl sehr aufgeschlossen, bereits im 19. Jahrhundert galt frei gewählte Ehelosigkeit in diesem Milieu nicht als Verfehlung. Und auch umgekehrt schien die feste Hierarchie des Katholizismus den Frauen Verlässlichkeit und Geborgenheit zu bieten. Wie aber sah es in den restaurativen Fünfzigern des folgenden Jahrhunderts aus? Damals verfasste der Franziskanerpater Saturnin Pauleser im Verlag Christkönigsbund eine Unmenge geistlicher Erbauungsschriften: »Unterwegs«, so der Obertitel dieser »Kleinschriftenreihe für wichtige Lebensfragen«. Neben Titeln wie »Auf geht's! Der Jungmann von morgen«, »Irmgard zwischen 14 und 21« oder »Mischehe – ein Weg ins Glück?« wurde 1955 auch »Die alleinstehende Frau« mit »Gedanken für Ledige, Witwen und Geschiedene« versorgt. Die Einführung zitiert wichtige Zahlen des Deutschen Bundesamts für Statistik aus dem Jahr 1950, führt die eindrucksvolle Summe der »heiratsfähigen ledigen Frauen zwischen 16 und 40 Jahren« zuzüglich aller verwitweten und geschiedenen Frauen dieses Alters an. Schlussfolgernd heißt es dann: »Außer diesen 1,5 Millionen ›überzähligen Frauen‹, wie ein unschönes Wort sagt, finden sich noch weitere 1 179 000 ledige Frauen über 40 Jahre sowie 2 646 000 Witwen und geschiedene Frauen jener Altersgruppe. Das bedeutet, dass rund 6 Millionen alleinstehende Frauen über 16 Jahre selbständig ihren Lebensunterhalt verdienen oder von der Allgemeinheit mitunterhalten werden müssen.«

Nach den Kriterien des Verfassers war 1955 nur noch Irene im heiratsfähigen Alter, die anderen drei Tanten hatten die magische Vierzig bereits deutlich überschritten. Keine von ihnen wird die grassierende Not am Mann als solche empfunden und ganz abgesehen davon wohl je einen derartigen Ratgeber zur Hand genommen haben. Trotzdem muss es ihnen wichtig gewesen sein, in ihrer Kirche, der sie sich eng verbunden fühlten, *äschdimiert* zu werden. Wie urteilte diese also über ihre Lebensform? Gleich das erste Kapitel »Soll ich heiraten?« scheint eine klare Antwort zu geben: »Denn der Gedanke zu heiraten, und zwar so bald wie nur irgendwie möglich, ist doch geradezu das ›Selbstverständlichste‹ in unserer Zeit, so selbstverständlich, dass viele heiraten, ohne daran gedacht zu haben, dass man auch *nicht* heiraten könnte.« Zu den freiwillig Ehelosen zählt der Verfasser in guter katholischer Tradition zunächst jene, die den Ordensweg wählen; diejenigen Frauen, die sich aus »dem Willen zur helfenden Liebe« in den Dienst ihrer Angehörigen stellen, und schließlich jene, die, etwa als Pfarrhelferin oder Katechetin, eine apostolische Aufgabe erfüllen: Mit ihrer Tante Emma, einer englischen Ordensschwester, mit den Bad Mergentheimer Urtanten Maria und Therese oder mit Base Fanny kannten die Tanten aus ihrem Umfeld derlei Vorbilder zur Genüge. Doch wie stand es um ihr eigenes Lebensmodell? Für alle unfreiwillig Ehelosen beklagt der Pater »die bitteren Folgen einer einseitigen Erziehung des Menschen auf die Ehe hin« und ermutigt sie zu einer couragierten Abgrenzung von dem vorherrschenden, bedrohlich hindurchschimmernden gesellschaftlichen Klima mit seinem »geradezu unwürdigen Hindrängen zur Ehe: In Kino und Presse empfangen die Mädchen immer wieder den Eindruck, als ob sie wesensmäßig zur Ehe bestimmt wären.« Gerade vor dem Hintergrund der jüngsten geschichtlichen Erfahrungen und ihrer einseitigen männlich-technokratischen Prägung habe die alleinstehende Frau hingegen eine wichtige ausgleichende Wirkung »durch ihr Dasein und ihre Mitarbeit in den verschiedensten Berufen.«

Natürlich ist auch der Verfasser dem Frauenbild seiner Zeit verpflichtet und noch weit davon entfernt, einer Vereinbarkeit von Beruf und Familie das Wort zu reden; natürlich konfrontiert er sich als Mann mit dem weiblichen Selbstverständnis, und natürlich tut auch er das, was die Franzosen *prêcher pour sa chapelle* nennen. Ja, viele Passagen seiner Ausführungen sind mühsam bis ungenießbar, und doch haben sie das Verdienst, zusammen mit den beiden Ergänzungsbänden »Die berufstätige Frau« und »Frauenleben – Frauenwirken« den Status der ledigen Frauen ihrem hohen gesellschaftlichen Anteil entsprechend zu beleuchten und ihnen ein Ansehen zu geben, das noch in der 1957 verfassten Einleitung zum Gleichberechtigungsgesetz in erster Linie der Hausfrau und Mutter galt: »Es gehört zu den Funktionen des Mannes, dass er grundsätzlich der Erhalter und Ernährer der Familie ist, während die Frau es als ihre vornehmste Aufgabe ansehen muss, das Herz der Familie zu sein.« Meine Tanten waren alles zugleich, Erhalterinnen, Ernährerinnen – und Familienherz.

In Stuttgart fuhren wir zu meinem Spaß gelegentlich hinter einem Auto her, dessen Besitzer sich ein dreibuchstabiges Wunschkennzeichen genehmigt hatte –

abgesehen davon aber kamen im Umkreis der schwäbischen Tanten keine Wörter vor, die sich in irgendeiner Weise auf den Sexus bezogen. Oder ich muss sie überhört haben, denn Sex und sechs hätten aus ihrem Mund schlicht identisch geklungen. Irene, die Männern wie Socken eine Absage erteilt hatte, keine Kondome verkaufte und selbst am Steuer saß, schien sich am konsequentesten von allem Geschlechtlichen, aber auch von den typischen Geschlechterrollen distanziert zu haben. Hätte sie, anders erzogen und aufgewachsen, in einer gleichgeschlechtlichen Beziehung glücklich werden können? War es nur Zufall, dass sie von allen Schwestern am stärksten mit ihrer Kirche verwachsen war? Das *resche* Fräulein Apothekerin, das in Sankt Michael forschen Schrittes eine der vorderen Bänke anstrebte und, um sich grüßend, beim strauchelnden Einbiegen die hölzerne Fußbank dumpf durch den Raum hallen ließ, war *a gscheide* und *patente* Frau. Was für ein Getuschel hätte es wohl gegeben, wenn sie für diesen Auftritt nicht das schlammfarbene Sonntagsensemble mit der dezenten Silberkette gewählt hätte, sondern imaginäre rote Pumps? Setzte das Ansehen innerhalb des katholischen Milieus, zumal in der schwäbischen Enklave, nicht unausgesprochen eine Selbstneutralisierung der Weiblichkeit, eine auch nach außen hin sichtbare Entsexualisierung voraus? Eigenschaften, die nicht nur der katholischen Sexualmoral entsprachen, sondern letztlich auch den Erwartungen der Zivilgesellschaft: Schließlich stellte eine attraktive Alleinstehende eine potenzielle Gefahr für die Hausfrauenehe dar, die vom Staat geschützt wurde. Die gediegene Ledige ihrerseits konnte keinen Staat mit Kindern und Küche machen, umso wichtiger war ihr wohl als Ort der Wertschätzung die – ja, ihre Kirche.

Das
Doktorchen

Der Frauenüberschuss nach dem Krieg war auch in unserer Familienmythologie ein fester Topos. Er ging mit dem Pendant des *gefallenen Verlobten* einher. Von den Tanten selbst habe ich keinen einzigen rechtfertigenden Satz in Erinnerung, sie schienen es nicht nötig zu haben, ihre Ehelosigkeit zu begründen. Das übernahmen bereitwillig die anderen, die verheirateten Brüder oder Schwägerinnen, die meinten, dem hartnäckigen Klischee der alten Jungfer entgegensteuern zu müssen. Von Hanne und Marianne hieß es unbestimmt, sie hätten in jungen Jahren einen Verlobten gehabt, der nicht mehr aus dem Krieg zurückgekommen sei. Bei Irene verbot sich durch das familienbekannte Sockendiktum jede Nachfrage, Hilde war außer Konkurrenz. Erst viel später hörte ich meinen Cousin sagen, dass Hilde vielleicht auf einem oberschwäbischen Bauernhof eine glückliche Ehefrau abgegeben hätte, ihre Schwestern aber einem derart unstandesgemäßen Schwager von vornherein das Wasser abgegraben und behauptet hätten, man dürfe niemanden heiraten lassen, der so beschränkt sei wie Hilde. Das umflorte Bild des mysteriösen, heldenhaft zu Tode gekommenen Versprochenen machte die beiden unfreiwillig vereinsamten Tanten in meiner kindlichen und jugendlichen Vorstellung zu romantischen Liebenden mit einem kompromisslosen Absolutheitsanspruch und verlieh ihnen etwas vom Glanz und Ansehen tragischer Kriegerwitwen. Das Leitmotiv des *gefallenen Verlobten* verfestigte sich mit dem realen Faktum des kriegsbedingten Männermangels im Lauf der Jahrzehnte zu einer scheinbar unwiderlegbaren Erklärung für das tantenhafte Alleinstehen. Als junge Erwachsene begann ich mich zu fragen, ob meine Verwandten das kollektive Schicksal einer ganzen Generation von Frauen nicht etwa dankbar als Argument nutzten, um die Auseinandersetzung mit dem individuellen Los der Tanten zu vermeiden. Die Auseinandersetzung mit dem, was vielleicht schmerzhaft, was freie Entscheidung gewesen war. Kam es nicht auch Hanne und Marianne entgegen, den *gefallenen Verlobten* vorzuschieben, um unbequemen Fragen aus dem Weg zu gehen? Ich begann zu ahnen, dass sich hinter diesem Schutzschild möglicherweise verletzliche Amazonen verbargen.

Viele Jahre später stieß ich in dem abgewetzten Lederkoffer neben ungeordneten Fotos, verstreuten Ansichtskarten und Mariannes Bücherliste auf ein sorgfältig verwahrtes Bündel maschinen- und handschriftlicher Briefe. Mit ihnen trat zum ersten Mal ein Mann in das Leben einer meiner Tanten, ein Verlobter, zwar nicht aus Fleisch und Blut, aber einer, der Einzige, der zwischen den akkurat getippten oder mit schwungvoller Feder hingeworfenen Zeilen Gestalt annahm. Ich scheute mich zunächst, dem Weg der beiden zu folgen, muss es aber, um mich an der Leerstelle »Mann« in den Tantenbiografien entlangtasten zu können. Bei der Lektüre jener Briefe wurde die Nervenärztin zum Doktorchen, die Tante zur Frau, entrollten und verflochten sich abwechselnd Strähnen und Stränge. Cousine Aimée, die offenbar früh Eingeweihte, schrieb im Mai 1935 anspielungsreich: *Hier brüllen die Nachtigallen höllisch, froh bin ich nur, dass Herr Dr. B. nicht in der Nähe ist!* Marianne muss besagten Arztkollegen zu dieser Zeit am Stuttgarter Bürgerspital kennengelernt haben. Sein erster Brief, *Liebes Doktorchen!*, ist auf den 9. September 1936 datiert und erreichte Marianne aus der Ulmer Privatklinik, wo Werner Behrmann nach ihr eine Vertretung bei Marie Rueff übernommen hatte. Werner erwähnt einen Kinobesuch, »Mordalarm« mit dem von Marianne hochgeschätzten Clark Gable, erwartet das *Doktorchen* für den kommenden Sonntag und berichtet über seine ersten Schritte im Berufsleben.

Die gegenseitige Beratung in beruflichen Fragen sollte ihren gesamten Briefwechsel prägen. Immer wieder geht es um Strategien, um die Einschätzung von Aufstiegschancen, die charakterliche Beurteilung von Vorgesetzten und Kollegen. Hier kommunizieren zwei Fachkollegen miteinander, Verbündete gegen intrigante Mitarbeiter am Bürgerspital; ein eingespieltes Team, das die Chefin der Ulmer Nervenklinik im Sommer 1938 am liebsten gemeinsam einstellen würde.

Meist scheint Werner der Ratsuchende zu sein. Mal berichtet er stolz von einem beruflichen Erfolg und kollegialer Anerkennung, mal ergeht er sich in ausufernden Details und Klagen: Beim *Amt für Volksgesundheit*, schreibt er im Dezember 1938, richte sich alles nur nach persönlichen Beziehungen, nicht nach Können, und Nervenärzte würden ohnehin skeptisch beäugt. Er unterbreitet Marianne Bewerbungsbriefe, *um schädliche Affekte dabei aus dem Spiel zu lassen*, trägt sich mit dem Gedanken, auf die Neurochirurgie umzusatteln, sucht immer wieder nach Bestätigung. Seine grundsätzliche Unsicherheit äußert sich in einer gewissen Selbstverliebtheit. Einmal heißt es nach einem ausführlichen Lamento über die intrigante Ärzteschaft: *Und nun zu Dir, entschuldige die Reihenfolge.* Trotzdem ist auch Werner Stütze. Er sorgt sich regelmäßig um Mariannes Gesundheit, rät ihr – erste Fremdspiegelungen der legendären Umtriebigkeit – kürzerzutreten, sich nicht ständig abzuhetzen. In ihrer Berliner Zeit berät Werner Marianne in diagnostischen Fragen, versorgt sie mit detaillierten Angaben und Literaturhinweisen zur Epilepsie. Er lobt ihren *neurologischen Scharfblick* und ermutigt sie, als sie 1939 zurück ans Stuttgarter Bürgerspital geht, mit ihrem *neurologischen Können* ja nicht *ihr Licht unter den Scheffel zu stellen. Ich möchte Dich noch einmal ermuntern, Deine Wünsche geltend zu machen. Mit Zurückhaltung ist ja heutzutage gar nichts auszurichten*, schreibt er kurz nach Kriegsbeginn, im Oktober 1939. Bis hierhin, denke ich, hatte meine Tante Glück, einen solchen Ermutiger zu haben, der ihr das Licht auf den

Scheffel zu stellen riet. Diese Redewendung hörte ich viele Jahre später auch von meinem Vater, allerdings eher mit einem leichten Vorwurf in der Stimme, weil seine Frau es gerne ein wenig abgedunkelt und gedeckt um sich hatte. Woran er selbst im Übrigen nicht unschuldig war: Meine Eltern waren pünktlich mit den Fünfzigerjahren in ihre Beziehung gestartet, nachdem meine Mutter zaghaft einen Fuß aus dem Elternhaus gesetzt hatte und als Musikstudentin zur Untermiete in Wesseling lebte. Hatte sie für den reiselustigen geologischen Assistenten aus Bonn nicht ihr Studium kurz vor dem Konzertexamen abgebrochen, um sich mit Inbrunst, und nicht unwesentlich von Marianne befeuert, auf ein Los unter dem Scheffel zu stürzen?

Marianne und Werner schien das Kunststück zu gelingen, trotz der engen Überschneidung ihrer beruflichen Stationen keine Konkurrenten zu werden, sondern ein Liebespaar; und noch als Paar ihre fachliche Gleichberechtigung zu kultivieren. Sie wussten, was depressive Phasen bedeuteten, und kannten sie aus eigenem Erleben, auch wenn man Werner im Verdacht haben muss, den Begriff auch für Alltagsnöte etwas leichtfertig zu verwenden. Quer durchs Land schickten sie einander Ansichtskarten – Frankfurt, Göttingen, Köln, aus dem Schwarzwald oder aus dem Taunus. Sie teilten Lektüreeindrücke und Kinoerlebnisse, Seriöses und Leichtes: eine *Geschichte der Philosophie*, ein Buch über die Stauffer, *Wenn ich mich recht erinnere* von Sacha Guitry, die Filme *Spiegel des Lebens* mit Paula Wessely oder *Heimat* mit *unserer Freundin* Zarah Leander, *Hotel Sacher*; auch die romantisierende Geschichte über einen Nürnberger Uhrmacher: *Das unsterbliche Herz* von Veit Harlan, der nur ein Jahr später einen der übelsten Propagandafilme der Hitlerzeit drehen sollte. Marianne verschenkte 1939 ein Buch des katholischen Schriftstellers Reinhold Schneider, ein Jahr später, weniger erwartbar, ein weiteres *schönes Büchlein. Ich bin jetzt an den Nietzsche-Briefen, die ja ungemein interessant sind und mir viel Freude machen.* Irritierendes auch. Ein Freund habe ihm, Werner, im September 1938 den *Mythus* von Alfred Rosenberg mitgebracht, weil ihm *seine ruhig-sachliche Rede sehr gefallen* habe: *Mein unchristliches Herz wird hüpfen.* Und nicht nur das. Die Lektüre färbte auch auf Werners Sprache ab, stellte er Marianne doch im gleichen Schreiben in Aussicht, er wolle sie nach ihrer Rückkehr nach Stuttgart *durch Spazierfahrten in der Heimat* ihrer *Rassenseele entschädigen.*

Überhaupt scheint Werner nicht unempfänglich gewesen zu sein für alles Schnittige, vermeintlich Haltgebende. Ein merkwürdiger Stolz bei seiner Musterung im April 1939, bei der er für *tauglich I* erklärt wurde: *Freuen tut's einen ja doch.* Ein andermal ist die Rede davon, dass ein Bekannter ihm charakterliche Vorwürfe gemacht, seine *deutlich ›preußische‹ Art,* seinen *Ehrgeiz,* seine *Verbindlichkeit* und die Tatsache, *dass ich den Ton im Kasino angäbe,* beanstandet habe. Noch im Oktober 1939 spricht Werner von *der ausgezeichneten Führerrede,* obwohl zum Thema *Krieg oder Frieden nichts Neues* lautbar geworden sei. Doch die Begeisterung endet dort, wo das Eigeninteresse beginnt, und der geschmeichelte Rekrut streckt noch vor jeder Kampfhandlung die Waffen, sobald sein beruflicher Ehrgeiz bedroht scheint. Bereits im November 1939 fürchtet Werner, eingezogen zu werden und damit die in Aussicht stehende Assistentenstelle zu verlieren; im Juni 1940 bedauert er, nicht schon früher gedient zu haben, da sich diverse Kollegen um seine Stelle reißen: *Alles nicht schön und nicht einfach! Ich bin natürlich recht verstimmt und habe vor, nach dem Krieg möglichst woanders hinzukommen.* Am Tag vor der Einziehung schließlich, am 3. Juli 1940, wohlgemerkt nicht an die Front, sondern in *eine grauenvolle Kaserne* in Kassel, geizt er nicht mit Pathos: *Sobald ich kann, werde ich Dir aus tiefer Not schreiben.*

Die Zeitgeschichte schimmert in den Briefen des jungen Nervenarztes nur blass hinter den eigenen Belangen durch. Mal fehlt es an Seife und Seifenkarten – *so widerliche Kleinigkeiten* –, mal berichtet er von der Anschaffung neuer Lederhandschuhe – Wildleder werde leider für die Offiziere beschlagnahmt –, mal wundert er sich, wie Marianne als Geschenk eine Krawatte hat auftreiben können. Das am 11. Mai 1940 trocken kommentierte *Bombardement von Freiburg mit 24 Toten usw.* mündet in die Feststellung *Na ja … Es musste ja wohl so sein!* Ähnlich lapidar klingen Werners vereinzelte Erwähnungen beruflich-politischer Zwänge, die er mit fortschreitender Resignation quittiert. Im Juni 1939 schreibt er aus Frankfurt, er habe am Vorabend wegen der *S. A. Affäre* eine *Depression* gehabt, weil man ihm *lieblicherweise* vorgeschlagen habe, einen Sturm ärztlich zu betreuen. Im November 1939 muss er etliche SA-Untersuchungen in der Klinik *überstehen*, zwei Monate später einen SA-Vortrag vorbereiten: *Erbkrankheiten, Medizin im völkischen Staat usw., na ja, es wird sich schon machen lassen.* Es gilt, sich anzupassen.

Wie ließ sich dieser Mann, der sich in einem seiner Briefe einmal selbst als *Narzissten* bezeichnet, auf das Innenleben meiner Tante ein? Wie weit konnte er es? Wie sehr wollte sie es? Dem ersten Brief vom September 1936 an das *Doktorchen* folgt eine lange Schreibpause, bis die Korrespondenz, zumindest dem verbliebenen Kofferinhalt nach, knapp zwei Jahre später wieder einsetzt. Werner ist damals 30 Jahre alt, Marianne ein Jahr älter. Zeit, das Mädchenhafte abzulegen, die Verpuppung zu durchbrechen, denke ich unwillkürlich. Tatsächlich trennt sich meine Tante nun von ihren eingerollten Flechten. Das Symbolische an Mariannes *Entschneckung*, wie Werner Anfang September 1938 schreibt, quillt ihm spontan aus der Feder, bevor es ihm sofort wieder entgleitet: *Solche Frisuren kann man heute nicht mehr tragen.* Leider sind keine Fotografien von jener Metamorphose überliefert. Wie Marianne wohl zwischen den seitlichen Haarschnecken und dem späteren Knoten am Hinterkopf, der auch damals kaum einer modernen Frisur entsprochen haben wird, ihr Haar getragen hat? Halblang und künstlich gewellt, wie Zarah Leander? Mit einem auffälligen Scheitel auf der linken Seite wie Paula Wessely? Wohl kaum, liest man die Beschreibung, die Werner vier Monate später von seinem neuen Frankfurter Umfeld gibt: *Man merkt die alte Kultur der Stadt an vielerlei Kleinig-keiten. Die Damen ziehen sich nach S's und eigenen Beobach-tungen dunkel an. Das wäre doch was für Dich? Du würdest sicher gut dorthin passen.* Werner verortet meine einund-dreißigjährige Tante offenbar auf der dunklen, gesetz-ten Seite, in der alten Kultur. Schwingt hier nicht eine leise Sehnsucht nach mehr Sinnesfreude, nach Sorg-losigkeit mit? Fast scheint es mir, als hätte Marianne nicht lange beim Frausein verweilen wollen, als wäre sie vom Mädchen gleich zur Dame geworden.

Die Beziehung wird intensiver. Im März 1939 besucht Werner Marianne in Berlin, erinnert sich anschlie-ßend in einem neuen, innigeren Ton an die gemeinsam verbrachte Zeit. Er wartet auf Mariannes Post, macht ihr Vorwürfe, nicht schnell genug zu schreiben, fragt gekränkt, ob sie *Böses mit Bösem* vergelten wolle, weil auch er manchmal saumselig sei. Zu Verniedlichungen neigend, macht der Schreibende aus dem *lieben Doktor-chen* in jenen Wochen *Mein liebes Kindichen!*, *Mein lie-bes Herz!* oder schlicht *Mein Liebes!*. Marianne besucht Werner in Frankfurt und schläft bei seiner *Wirtin auf der Couch*; Werner schickt zum Geburtstag der *Süßen* einen selbstverfassten Sonderdruck, ein Frankfurter Anekdotenbüchlein und *etwas zum Naschen*. Immer wieder geht es um Ausflüge, Spazierfahrten, Urlaubs-pläne, größere und kleinere Reisen: Fernziele wie Ita-lien oder Kroatien – *Weißt Du noch auf Rab?* – ragen fast unwirklich in diesen Briefwechsel, dessen Protagonis-ten sich ansonsten für ein paar Tage in Bregenz treffen, das Neckartal erkunden, eine Rheinfahrt planen, *gen Süden* – nach Lindau, Gstaad und Wasserburg – reisen wollen. Heidelberg und Koblenz, wo das Paar sich auf halbem Weg zu gemeinsamen Wochenenden oder kurzen Nachmittagen trifft, sind für Werner *unsere Verbindungsstädte.*

In einem späteren Brief erwähnt er *die Misere von zu Hause,* wo er auf sich aufmerksam habe machen müssen, um nicht *verdrängt* zu werden, die ständige Geldknappheit. Er investiert ungern ohne Erfolgsgarantie. Verdächtigt er andere, Gleiches mit Gleichem, schlimmstenfalls *Böses mit Bösem* vergelten zu wollen, weil er selbst nicht anders kann? In den harten beruflichen Lehrjahren eine verständliche Einstellung: *Man verkaffert unendlich und rackert sich ab. Ob es wohl mal Kapital trägt, diese Zeit?,* schreibt er im Mai 1939.

Schon im darauffolgenden November wirft die Einziehung ihre Schatten voraus. Schatten, die mehr sind als eine vorübergehende Verdunklung der Seele. Ab Dezember 1939 werden die bisher im Abstand von zwei bis fünf Tagen verfassten Briefe immer seltener, wird das Erzählte zunehmend belangloser. Zwischen dem 26. Januar und dem 9. April 1940 birgt der Lederkoffer kein einziges Schreiben mehr. Marianne zeigt sich wegen der ausbleibenden Post beunruhigt, Werner behauptet, *ziemlich überarbeitet und auch depressiv* zu sein, Marianne schenkt ihm wenig später eine vielsagende Schreibmappe. Ein verpasstes Wochenende, abgesagte Sonntagstreffen – per Telegramm: *Treffen nicht möglich. Brief unterwegs. Werner* oder: *Verbindungen schlecht verta-*

gen. Brief unterwegs. Werner –, ein Besuch in Stuttgart bei Marianne in der Hasenbergsteige, wo Werner der Familie als übernächtigt und fahrig auffällt, weitere Vertröstungen; dann, am 3. Juli 1940, die Einziehung.

Für Marianne muss Werner zu diesem Zeitpunkt unendlich fern gewesen sein. Die Sommerwochen, in denen Hitler seinen Westfeldzug siegreich abschließt, sich vor dem Eiffelturm ablichten lässt und die Heimat von Cousine Aimée der deutschen Zivilverwaltung unterstellt wird, vergehen ohne ein Lebenszeichen von ihm. Nach einer kurzen Station in Butzbach ist er inzwischen als Neurologe im Lazarett eines Reservebataillons in Kassel beschäftigt. Doch erst am 16. September, oder vielmehr als endlich ein auf diesen Tag datierter Brief bei ihr eintrifft, erfährt die Adressatin, wohin Werner sich und ihr abhandengekommen ist. Jetzt, wo *der Rest von Verantwortungsgefühl wieder die Oberhand gewinnt,* wolle er ihr endlich *Rede und Antwort stehen* und auf ihre letzten Briefe eingehen. Bereits im Dezember 1939 habe er über Kollegen eine andere Frau kennengelernt, im Mai, als *unter dem Druck der bevorstehenden Einziehung* ein Abend in ihrer Gesellschaft veranstaltet worden sei, habe es *kein Zurück* mehr gegeben, im Juni schließlich sei etwas vorgefallen, *was mich zwang sie nicht zu verlassen.* Die andere sei weder schön noch geistvoll noch vermögend – und Werner schreibt: *wahrscheinlich umso schlimmer.* Umso schlimmer? Unter dem Gesichtspunkt einer Investition vielleicht, aber im Hinblick auf das Kapital der Gefühle?

163

Bei der Suche nach Gründen, *dass es so hat kommen können,* dann allerdings klare Worte und das ausdrückliche Bedauern, dass er und Marianne dem erotischen Moment *früher und stärker* hätten Rechnung tragen sollen, denn genau das suche er nun in der anderen Beziehung. Werner zaudert zwischen den beiden Glücksversprechen – *Wenn ich mir vorstelle, doch mal ganz ohne Dich zu sein, komme ich mir vor wie einer, der sich selbst aus dem Paradies wirft* –, will Marianne nicht auf sich warten lassen, gibt sie unsanft frei – *richte Dir Dein Leben ein, wie es Dir richtig scheint* – und ist selbst vor allem eines, unfrei: *Was Else sagen wird, und Deine Eltern? Es ist entsetzlich.*

Der Lederkoffer birgt Mariannes Antwort vom 29. September in zwei Entwürfen und einer maschinenschriftlichen Fassung. Ein kurzer, souveräner Feldpostbrief nach Kassel. Ihr Schreiben ist reif und überlegt, hält durchaus das romantische Versprechen, das ich als Kind mit der späteren Tante verband. Sie erklärt ihre vorbehaltlose Liebe – *Wie kann ich da verurteilen?* –, gesteht eigene Fehler und Ungeschicklichkeiten ein, die *vielleicht aus der Erziehung heraus verständlich* seien – ich horche auf, denke an die Tanteneltern Johanna und Ferdinand, die Vogelstimmenlauscherin und den Pilzjäger –, dann bittet sie um eine persönliche Aussprache in Kassel. Rührend ihre Unterschrift – *Noch immer Dein Doktorchen* –, denn in jenem *noch immer* steckt nicht nur großmütige Treue, sondern unüberhörbar auch ein »jetzt wieder«. Als würde Marianne alle dazwischenliegenden Etappen, das *liebe, tüchtige Kindichen, mein*

Liebling, das *liebe Herz, mein Liebes, my Dear!*, schnell zurückspulen, nicht ungeschehen machen, aber überspringen wollen.

Werner, der sich über ihr Schreiben *freut*, geht sofort darauf ein, nennt sie in den fünf letzten Briefen, die von ihm erhalten sind, wieder so wie in ihrer Anfangszeit. Mitte Oktober, Marianne hat sich in Kassel ein Hotel genommen, sollte es zu der erbetenen Aussprache kommen, über die von Werner nur zu erfahren ist, dass Marianne sichtlich gelitten habe. Ein wenig Kontur bekommt diese Szene durch den Blick zweier Vertrauter, die meiner Tante in diesen Wochen beistehen. Anfang Oktober schreibt Marie Rueff, ihre ehemalige Ulmer Vorgesetzte, wichtig sei die *Klarstellung*, ob sie sich *beide zu einer sehr baldigen Ehe entschließen* könnten: *Andernfalls ist ein Abbrechen notwendig. Sie leiden unter dem Hin- und Herzerren viel zu sehr.* Marie Rueff lädt Marianne ein, nach der Aussprache gemeinsam mit ihr zu wandern – *Sie sehen in Kassel nach 1–2 Tagen, wie die Grundeinstellung ist. Bleiben Sie nicht länger als unbedingt nötig ist, wenn Sie leiden*: *Keinesfalls tagelang in Kassel herumsitzen und todunglücklich sein.* Trug sich meine Tante in diesen Tagen tatsächlich noch mit dem Gedanken einer Ehe? Hatte das zu Unrecht verniedlichte Doktorchen seine Entscheidung nicht längst getroffen? Ein bei Mariannes Unterlagen sorgfältig verwahrter Brief einer Cousine – *Dein treues Bäsle Else* –, Anfang Oktober mit fliegender Feder im Zug nach Stralsund verfasst, legt nahe, dass Marianne diesem Modell inzwischen tatsächlich entsagt hatte. Dass für sie unwiderruflich etwas gebrochen war und abgebrochen werden musste. *Tief erschüttert*, zumal sie bereits alles genau so *erfühlt und erwartet* habe, verfasst das Bäsle ein aufschlussreiches Zeugnis über jene Beziehung, die als stark verkürzte Episode in die Familienmythologie eingekapselt wurde.

Ich hatte es von Anfang an im Gefühl, dass der Krieg Euch auseinanderbringen würde, und ich weiß nicht, ob es nicht gut ist. (...) Ich kann Deinen Zustand voll verstehen, ich habe ihn durchlebt, man kann nicht leben und nicht sterben – es geht vorüber. Es bleibt noch viel für Dich, und Du wirst noch ein anderes Erleben haben, wenn auch nicht gleich. Vorläufig muss der Beruf und die Natur Dir Ersatz geben. Ich weiß von der Familiengeschichte der Behrmanns, die Mutter war ›leicht‹, von ihr hat Werner einen Schuss abbekommen, und was ihn liebenswert machte, lässt nun andere leiden. Außerdem hatte ich immer das Gefühl, dass Werner Hang zu Frauen hat; Deine Ehe wäre scheußlich geworden. Dein Beruf macht Dich zu ernst, lässt Dich nicht genug ›Weibchen‹ sein, und auch das braucht Werner, die ›verführende‹ Frau. Wir können das mit dem Beruf einfach nicht vereinen, später erkennen die Männer, wie sie hereingefallen sind. Du wirst später vielleicht noch einmal Commerz mit ihm haben, zur Ehe brauchst Du meiner Ansicht nach einen älteren, gereiften Mann, der Deine Werte anders begreift.

Else denkt das Motiv des spaltenden Krieges an: Sachte gerät dieser Schneeball ins Rollen, nimmt mit den Jahren an Umfang zu, verfestigt sich schließlich zu einer wehrhaften Kugel. Aber ist Marianne dieser Verlobte wirklich durch den Krieg geraubt worden? Haben die Zeitläufe Werners innere Zerrissenheit, das Unstete, Schwankende gefördert? Während Marianne in Kassel scheinbar schon weiß, was sie will oder besser nicht mehr wollen sollte, zaudert Werner in den letzten drei Briefen, die auf die Aussprache folgen. Er wird sentimental, kryptisch, lyrisch bis zur Unverständlichkeit. Zum ersten Mal, um die Jahreswende 1940/1941, fallen auf seiner Seite nun die Wörter *Heirat* und *Ehe*, manchmal komme er, Werner, sich vor *wie ein ganz anderer, dem Früheren Fremder: Ich möchte Dir alles Gute tun und kann es nicht, weil es ja doch nur um das Eine geht, das ich Dir immer noch nicht geben kann. Und wenn man sich teilen könnte und dürfte, es wäre ja doch nichts, weil man ganz besitzen will und für den Fall einer Heirat, müsste alles andere ja erledigt sein.*

Ist *das Eine* jenes »es«, von dem in einer Kurzbeschreibung des 1938 von Werner erwähnten Filmdramas *Spiegel des Lebens* die Rede ist? Als »die Medizinstudentin Hanna Karfreit ihren Verlobten mit aufs Zimmer nimmt und *es* geschehen lässt«? Oder ist *das Eine* in der realen Rückspiegelung des Lebens die Heirat, die Werner immer noch nicht *geben* kann, weil seine finanzielle Lage sie nicht erlaubt, weil er sich zwischen beiden Frauen weder teilen kann noch darf? Ist mit der Erledigung von allem anderen nicht vielmehr die Trennung von einer, der anderen gemeint?

Ich frage mich, ob Marianne hier klarer gesehen, ob sie die bezeichnende Reibung zwischen *geben* und *besitzen* herausgelesen hat. Vielleicht war Werner, war auch die Zeit noch nicht reif für eine gleichgewichtete Partnerschaft, war meine Tante ihm zu anstrengend, trotz aller gegenteiligen Bekundungen zu lichtaffin für den nach Anerkennung heischenden Kollegen?

Ein trauriger Abgesang schließlich, Werners letzter Brief vom 6. Januar 1941: *Könntest Du mich nur vergessen und ich all das, was in den Jahren des Zusammenseins war. Da ich Dir nicht schreiben kann: es ist aus ... so fürchte ich Dich hinzuhalten. Jeder Brief von mir muss unter diesen Umständen Schmerzen für Dich bedeuten und in der alten Wunde wühlen (...). Du kannst gewiss sein, ich denke an Dich wie von meinem allerbesten Freund, dem ich mich rückhaltlos anvertrauen kann, und es fehlt von Liebe immer nur soviel, als man an Liebe zur Ehe besitzen sollte.*

Marie Rueffs zugewandte Art, ihr Zuspruch und die Offenheit, mit der sie über einen eigenen schweren Liebeskummer berichtete, werden meiner Tante gutgetan haben. Am 8. Februar 1941, Werners letzter Brief lag inzwischen einen Monat zurück, schrieb die Ulmer Nervenärztin dem *lieben Fräulein Z: Damals sah ich gar keinen Weg mehr und war entschlossen, nur noch Ärztin zu sein (...) Eins weiß ich ganz bestimmt: Alles Schwere und alles Leid ist für uns notwendig zum Reiferwerden und weiterer Verständnis. Gerade für uns in unserem Beruf. Kollege Behrmann bräuchte jetzt einen Nervenarzt, nicht um zu Ihnen oder sonst jemandem zu finden, sondern um klarer zu werden.*

Als Frau kann man da nur bereit sein, immer wieder zu geben, aber nichts für sich verlangen. Marie Rueff rät zu konzentrierter Arbeit, zu Ablenkung und – *Gelt, ich darf Ihnen das sagen? –* dazu, sich nicht mehr wie bisher *zu weit und zu oft Ihrem Leid hinzugeben.* Ich frage mich, wie dieser Rat aus berufenem, freundschaftlichem Munde wohl in meiner Tante nachhallte. Stimmte er mit dem überein, was auch sie schon damals ihren Patienten mitgab? Lernte sie erst aus dieser schmerzlichen Episode, mit sich selbst strenger zu werden? Bei seelischen Nöten das Durchhalten auch ihren Angehörigen zu empfehlen? Rückblickend scheint es mir naheliegend, das Ende von Mariannes heimlicher, im Lederkoffer verschlossener Liebe als Anfang einer neuen, selbstbestimmten Weiblichkeit zu deuten, die viel mit individuellem Entschluss und nur wenig mit kollektivem Schicksal zu tun hatte. Sorgfältig zusammengefaltet sehe ich im Koffer nun auch das knöchellange Blumenkleid der Elsassfotos, eine eingerollte Haarlocke aus der romantischen Schneckenfrisur.

Der Lederdeckel ist zugeklappt, die zögerlich angetretene Reise ans Ende des Briefkoffers zu Ende; langsam schließe ich die verbogenen Scharniere. Während ich in allen Einzelheiten über den Inhalt des Überseekoffers meines Vaters Bescheid weiß, über das, womit seine Schwestern ihn gefüllt hatten, kann ich nur mutmaßen, mit welchem Gepäck meine Mutter auf dem Ozeandampfer ihre Hochzeitsreise ans andere Ende der Welt angetreten hat: ein runder, weißer Hut-

koffer war dabei, ein mit Satin ausgeschlagener crème-
farbener Hartschalenkoffer. Darin das blaue, von der
Ludwigshafener Hausschneiderin zurechttaillierte
Kleid, Strumpf- und Hüfthalter, helle Handschuhe,
ein wollenes Laibchen und viele, sehr viele Haarnetze
zum Bändigen des feinen, im Nacken geschlungenen
blonden Haars. Insignien einer Weiblichkeit, Beipa-
ckungen eines Ehefrauendaseins, denen Marianne
entsagt hatte, die sie später mit einem Anflug von
Geringschätzung ihrer Schwägerin überließ. Gut drei
Monate nach Werners letztem Brief, am 16. April 1941,
starb Mariannes Mutter, meine Großmutter. Statt sich
in eine ungewisse Ehe zu begeben, wurde Marianne
zum Oberhaupt ihrer Ursprungsfamilie und verwaltete fortan in der Hasenbergsteige den Haushalt und
das Andenken der toten Mutter.

Hannele

Nie hörte ich, dass die liebenswerte Tante aus dem Küchenchaos, meine spielfreudige Flurgenossin, als Hannele angeredet wurde. Dabei hätte es gut zu ihr gepasst. Doch zu meiner Zeit war sie Tante, Prinzgemahlin an der Seite der tonangebenden Marianne, Verlängerung und gleichzeitig Verkürzung der älteren Schwester, in deren Vornamen sie praktisch hineinschlüpfen konnte. Ihr Leben lang die Zweite, nachgeboren und nachgeordnet. Die Unstudierte neben der promovierten Akademikerin, die nie ein Bedauern über das versäumte Studium äußerte. Die klaglos akzeptierte, dass bei Familienzusammenkünften das Rederecht in erster Linie von ihrer großen Schwester, von der um Jahre jüngeren Apothekerin und später dem gleichfalls studierten Neffen monopolisiert wurde. Ob in der Hasenbergsteige oder anschließend in der Röckenwiesenstraße, in der schwesterlichen Wohngemeinschaft war Marianne Haupternährerin und damit Hausvorsteherin; der »Mann« gewissermaßen, den mein Vater in der Urtantenkonstellation der Paulusstraßenbewohnerinnen an der Seite der »Mama« wahrgenommen hatte. Das finanzielle Kräfteverhältnis wird das Ungleichgewicht wesentlich mitbe stimmt und den Eindruck verstärkt haben, dass Hanne sich von Marianne *gar nicht losmachen konnte,* wie die Töchter meines Cousins sich beklommen erinnern. Doch auch sie wissen noch, dass ihre Großtante Kind sein und sich auf ihre Welten einlassen konnte, und sei es in Form des letzten Gameboy-Modells. Süßigkeiten gab es bei Hanne keine, dafür durfte man in ihrer Küche Mandeln aus dem Glas essen.

Hanne hat Stuttgart zeitlebens nur als Reisende verlassen. Nach der Mädchenrealschule absolvierte sie Mitte der Zwanzigerjahre eine Ausbildung zur chemisch-technischen Assistentin: Es fehlte ihr nicht an Begabung, aber die Kosten für ein Studium wären schlicht zu hoch gewesen. Das Erstgeburtsrecht hatte Marianne begünstigt. Immerhin hatte mein Großvater nicht auf die klassische Vaterfolge gesetzt und den ersten Sohn, sein viertes Kind, abgewartet, um seinem Nachwuchs den Aufbruch in die berufliche Selbständigkeit zu ermöglichen. Und glücklicherweise für Hanne schien sich Hilde qua natura anzubieten, die Rolle der unverheirateten Elternversorgerin zu übernehmen. Hanne wurde also mit einer Notlösung abgespeist, nichts Halbes und nichts Ganzes. Nach ein paar kürzeren ersten Anstellungen fand sie Arbeit am Stuttgarter Kathrinenspital, später am Labor des katholischen Marienspitals in der Trägerschaft der Barmherzigen Schwestern vom Heiligen Vinzenz von Paul, wo sie bis zu ihrem Ruhestand im Jahr 1969 tätig war. Hanne litt ihr ganzes Berufsleben über unter den Schikanen ihrer ausgesprochen unbarmherzigen

Vorgesetzten, Ordensschwester Metrana, was meinen Cousin rückblickend zu der Feststellung veranlasst, es sei unverantwortlich gewesen, Hanne in dieser Stellung zu belassen. Aus seiner Formulierung höre ich deutlich heraus, dass Hanne nicht selbst darüber zu bestimmen schien, was ihr guttat und was nicht. Ich sehe meinen Eindruck bestätigt, dass die Nervenärztin an ihrer Seite zwischen den eigenen vier Wänden viel auf *Durchhalten* und *Tsammereiße* setzte, auf Disziplin und Gottvertrauen. Mein Cousin erinnert sich, dass Hanne nach der Arbeit meist wortlos, aber mit krachender Tür für geraume Zeit in ihrem Zimmer verschwand.

Ihr eigentliches Reich jedoch war, im Einklang mit der Rollenverteilung in der Schwesternehe, die Küche: Die Älteste verdiente, die Jüngere bediente. Nachdem Hanne während ihrer Berufstätigkeit mit diversen Haushaltshilfen gerungen, die abenteuerlichsten Geschichten über deren Ausbleiben und Ausfälle bis nach Kolumbien und Kalifornien kolportiert hatte, hielt sie Marianne den sprichwörtlichen Rücken frei, als diese in den Siebzigerjahren in der Paulinenstraße noch immer Patienten betreute. Darüber hinaus war die Küche Ventil, legitimes Betätigungsfeld ihrer Umtriebigkeit, Flucht vor den Rededuellen auf dem roten Sofa – ein kreatives Labor, in dem allein sie das Sagen hatte und für dessen Präparate sie die entsprechende Anerkennung bekam. Während ich aus meiner Zeit vor allem Tee und Bretzeln erinnere, muss mein Cousin als junger Apothekerstift abends von Tante Hanne nach allen

Regeln der Kunst bekocht worden sein. Die studierten Tanten luden auswärts zum Essen ein, Hanne bereitete neben ihrer legendären Zitronenkrem Zunge, Spargel und diverse Braten zu und packte dem allzeit hungrigen Neffen die Reste ein.

1955 malte sich mein Vater in der kolumbianischen Weihnachtsdiaspora aus, wie *das Hannele* zur *Mittagsstunde* in der Hasenbergsteige in *halbgerichtetem und halbverschlafenem Aufzug mit Kaffeegeschirr in der Küche hantiert* und dabei ein Gebräu zustande bringt, das *Tote lebendig macht.* Nach seinen Erinnerungen an die gemeinsamen Weihnachtsfeste müssen vor allem Irene und Hanne einen ganz unterschiedlichen Vorbereitungsstil gepflegt haben: *Irene verstand es ja früher immer besonders gut, weihnachtliche Beschaulichkeit zu pflegen (stimmt es, Hanne?). Was haben wir da manchmal gelacht, als ich noch hoch oben auf der Leiter stand und den Christbaum schmückte und Hanne wie ›aufgezogen‹ durch die Wohnung und Küche schoss, um für unser leibliches Wohl zu sorgen.* Vier Jahre später, im Dezember 1958, heißt es wehmütig aus Kalifornien: *Die Praxis wird bis zur letzten Minute auf Volldampf laufen, Hanne, von den Schlachten im Marienhospital ausgepumpt, wird sich zuerst mal einen Kaffee genehmigen, bevor sie an die ›Blitzweihnachtsvorbereitungen‹ geht, und Irene wird – wie in früheren Jahren – die letzten Stunden vor dem Heiligen Abend plaudernder Weise bei Verwandten und im Beichtstuhl zubringen und sich dem Zorn der älteren, erschöpften Schwestern aussetzen.* Die Küche blieb, ob schon beim Hannele oder der späteren Tante Hanne, ein Rückzugsort voller Widersprüche, ein Refugium, das keines war, in dem es schnell gehen musste, wo es klirrte und schepperte, spritzte und klebte, brannte und anbrannte. Wo vieles angeschlagen und nichts makellos war. Wo mancher Alchemistenzauber missglückte, es aber stets wunderbar schmeckte und lebendig brodelte.

Diese Lebendigkeit muss in früheren Jahren auch aus Hannes von *eifrigsten Gesten unterstützten* Erzählungen gesprochen haben, später dann aus den leider nicht erhaltenen Briefen, mit denen sie meinen Vater jenseits des Atlantiks versorgte. Schon der junge Verlobte freute sich im Oktober 1952 über einen schwesterlichen Brief, der *in seinem bunten Sammelsurium* bezeichnend sei für ihre *köstlichsten Querschnitte durch das Familien- und Stadtgeschehen.* Immer wieder bringt sie in den nächsten Jahren ihrem Bruder ein Stückchen Heimat nahe, ihn und meine Mutter mit ihren *Histörchen* und ihrer *Lästerzunge* zum Lachen, und gibt originelle *Rundblicke durch die Stuttgarter Ereignisse, ohne mit Randglossen zu sparen.* Hannes launige Postillen machen in Kolumbien sogar die Runde im deutschen Bekanntenkreis, wo mein Vater ganze Passagen zum Besten geben muss. Allerdings, so schreibt er einmal, falle es schwer, als Adressat auf ihre schriftlichen Berichte einzugehen: Innere Befindlichkeiten nämlich würden ausgespart. Hanne schlüpfte in die Rolle der Chronistin, aus der sie auf die Welt und von sich wegschauen konnte. Den ungeschönten Blick auf das, was sie umgab, bewahrte sie sich bis ins hohe Alter. Und brachte ihn, manchmal schonungslos, zum Ausdruck. Als sie ihre Schwester Irene nach deren Schlaganfall in einem Sanatorium am Bodensee besuchte, sagte sie zum Abschied lakonisch: *Ade, Irrrene, mir sehet uns nimmer.* Tatsächlich starb die um acht Jahre Jüngere kurz darauf an einem Herzinfarkt.

Auch Hannele hatte in den Erzählungen der Familie ihren *gefallenen Verlobten* gehabt, der ihr in Wirklichkeit jedoch anders als durch den Krieg abhandengekommen war. Auch sie hatte in den finsteren Dreißigerjahren eine schwere seelische Verdüsterung erlitten. Bei Hanne, der Nachgeordneten, war später allerdings noch weniger die Rede davon als bei Marianne. Dabei hinterließ das Ausmaß ihrer privaten Tragödie bleibende Verletzungen, lebenslange Nachbeben in Form schwerer depressiver Phasen.

Von Hannes eigener Hand befinden sich in dem Lederkoffer nur vereinzelte, kurze Schreiben. Auch schriftlich war ihr Redeanteil geringer. Noch im Nachhinein, nach beider Tod, ist es also Marianne, die mir zwischen den Zeilen ihrer Korrespondenz Auskunft über ihre Schwester gibt. Am 24. November 1938 erreicht meine Tante, damals in Berlin, ein aus dem Stuttgarter Bürgerhospital adressierter Brief von Werner Behrmann: Marie Rueff habe ihn aus Ulm angerufen, *das Hannele* sei bei ihr aufgetaucht, er möge umgehend die Eltern benachrichtigen. Hanne sei *ziemlich depressiv* und *zweifelsohne auch suizidal.* Werner bittet Marianne, sich bei der Ulmer Nervenärztin dafür einzusetzen, dass die Schwester nicht zu schnell nach Stuttgart zurückgeschickt und unter Umständen sogar ins Bürgerspital eingewiesen werde. Was genau befürchtet er, was fürchtet er für Marianne? Die Scham, die es bedeuten würde, die eigene, höchst labile Schwester mit ihrem beruflichen Umfeld konfrontieren zu müssen? Selbst als eine zu gelten, die nicht nur eine beschränkte, sondern obendrein noch eine suizidgefährdete Schwester hat? Es gebe *gewisse Differenzen* zwischen ihr und dem Vater, schreibt Werner weiter, möglicherweise handle es sich um einen *Rückfall*. Zu gerne wüsste ich mehr über diese Vaterbeziehung, über das Vorgefallene, muss mich aber mit den Fragmenten eines Briefwechsels zufriedengeben, der eher schamhaft andeutet als klar benennt. Marianne jedenfalls scheint mit größter Besorgnis reagiert zu haben, glaubt man den beruhigenden Worten, mit denen Werner ihr in den folgenden Briefen zuredet, ihr zur Ablenkung rät, sie von dem Bedürfnis abbringt, ihrer Mutter beistehen zu wollen. Denn auch diese, die ihrer Ältesten am 25. November schrieb, *unser Sorgenkind Johanna* habe sie *in eine neue Aufregung gebracht*, brauchte Trost und Zuspruch.

Das Sorgenkind – ausgerechnet meine Tante, die in meiner Kindheit als Einzige so ausgelassen hatte spielen können. Offenbar war Hannes verzweifelter Flucht nach Ulm eine unglückliche Liebe vorangegangen: Im Februar 1938 hatte sie, so steht es sachlich in einem Brief der behandelnden Ärztin, *die Beziehungen zu dem Maler abgebrochen*. Ganze zwei Sätze erfahre ich darüber hinaus zu ihm: *Sie sagt, sie sei darin nicht normal, sie ver-*

*trage keinerlei Annäherungen. Jedenfalls ist eine intimere
Beziehung nie vorgekommen, in der Angst vor dieser hat sie
den Verkehr abgebrochen, aber ungern, denn sie schätzt ihn
sehr und hat ihn gern.*

Ein Maler also. *Der Maler,* mir nur noch als Randno-
tiz jenes Tantenlebens greifbar. Als Beinahe-Auslöser
eines Freitodes. Als offizieller Auslöser eines seelischen
Zusammenbruchs, den Marie Rueff eine gute Woche
nach Hannes Erscheinen mit dem Etikett *reaktive Depression bei einem nervösen Erschöpfungszustand mit vielleicht leichter endogener Beteiligung* versieht. Mehr als
die dramatischen Folgen dieses Zusammenbruchs beschäftigt mich die Tatsache, dass meine fast dreißig-
jährige, verliebte Tante nach eigener Aussage *keinerlei
Annäherungen* vertrug. Dass sie sich nicht von einem
Mann berühren lassen wollte, ja, dass sie es sichtlich
nicht konnte. Bei den Tanten wird es zu Hause kaum
prüder zugegangen sein als in anderen katholisch-
bürgerlichen Familien jener Zeit. Vermag die rigide
Sexualmoral der Kirche, vermag allein Erziehung zu
erklären, dass Marianne dem *erotischen Moment* nicht
Rechnung tragen mochte oder konnte, dass Hanne
sich derartig davor ängstigte?

Viel Ungesagtes spricht aus den Ulmer Briefen, so
kommt es mir vor. Marie Rueff setzt ihre junge Kol-
legin detailliert über das Befinden ihrer Schwester in
Kenntnis: starke *Schuld- und Insuffizienzgefühle, Suizid-
gedanken.* Angst vor einer Geisteskrankheit. Sie diagnostiziert *Enthemmungserscheinungen* – Hanne frage
Patienten aus, mache sich ungeniert über Korrespon-

denz- und Rechnungsbücher her, öffne anderer Leute Handtaschen und lasse sich bei Tisch gehen –, von einem akuten *Verwirrungs- oder Dämmerzustand* ist die Rede. Hanne sei aufgrund ihrer *Einsicht in die Krankheit* und ihrer *Angst vor dem Vater schon sehr gequält.* Doch dieser habe weder Hannes Zustand erkannt noch etwas über die Familienvorgeschichte preisgeben wollen, obwohl *eine familiäre Anamnese natürlich notwendig* sei. Ich stelle mir vor, wie die Ärztin meinen Großvater in der Hasenbergsteige fernmündlich um Auskunft bittet, wie er sich verschließt, vor Scham nicht weiterweiß, sich barsch und abweisend gibt. Wie er, als er auflegt, den Maler als nichtsnutzigen Bohemien beschimpft, als *Hoppschlodel*, der seiner Tochter Flausen in den Kopf gesetzt hat. Marianne muss vermittelt haben, denn am 2. Dezember schreibt Marie Rueff, Vater Z. sei dankenswerterweise nach Ulm gekommen, *was sehr zur Klärung diente.* Eine Klärung, die nicht nur der Nervenärztin für die Behandlung ihrer Patientin zugutekam, sondern auch mir Jahrzehnte später für einen flüchtigen Blick hinter den Vorhang jener unvordenklichen Großelternwelt.

Was genau spiegelt dieser fachkundige Brief von der Vaterreise nach Ulm, vom Canossagang meines Großvaters? Die eigentlich blinde Stelle, seine, bleibt in diesem Schreiben an die andere Tochter möglicherweise aus Rücksichtnahme weiterhin trübe. Ich erfahre, dass das Zusammenleben der erwachsenen Schwestern und der Eltern in der Hasenbergsteige in jenen Jahren oft einer Zerreißprobe gleicht. Meine Tanten sind 1938 zwischen einundzwanzig und einunddreißig Jahre alt: Studium, erste berufliche Schritte, Freundschaften, Liebesbeziehungen – alles findet unter den Augen der Eltern statt. Marianne ziehen ihre ersten beruflichen Stationen damals häufig fort von Stuttgart, auch Irene ist meist auswärts mit Studium und Ausbildung beschäftigt. Hanne und Hilde aber *hocket immer t'shaus* und *ufenander*. Hanne, schreibt Marie Rueff, hänge sehr an ihrer Mutter und empfinde deren labile Gesundheit als überaus belastend. Sie hege eine starke *Angst und Abneigung* gegenüber Hilde, die äußerst reizbar sei und sie bei der mütterlichen Pflege offenbar aus Eifersucht *mehrmals tätlich angegriffen* habe. Wirklich tätlich, mit geballten Fäusten, kratzenden Fingernägeln, Tritten ans Schienbein? Hilde? Das *arme Hascherl*, das um die Gunst der Mutter buhlen musste, die sie auf der Skala von *ganz g'scheit* bis *ganz dumm* als erklärtes Schlusslicht einordnete. Hilde, die sich nur als Fürsorgerin, als Haustochter im eigenen Hause einen Funken mütterlicher Anerkennung sichern konnte; der Hanne diese Rolle wegnahm, indem sie ebenfalls Kümmerin sein wollte oder sollte. Ich stelle mir vor, wie meine Großmutter bei Hilde nach einer warmen Bettflasche verlangt, schwachstimmig ihre Zweite ruft, die den besseren Haferschleim zuzubereiten versteht; die genauso heißt wie sie selbst, diese Mutterfessel aber abschütteln, aus dem Elternhaus und Krankenzimmer ausbrechen will. Wie Hilde ihr den Haferschleim versalzt, das Treffen mit dem Maler und überhaupt den ganzen Tag. Ich stelle mir vor, wie Hanne sich die Schürze abreißt, *mach dei Sach doch alloi, so wüschd wie d'bischt will dich sogar d'r Mutter ned*, die Tür zuschmeißt, dass das hölzerne Kruzifix an der Wand verrutscht, nur schnell weg, bevor der *Vatter* heimkommt. Auch an ihm hänge sie sehr, schreibt Marie Rueff weiter, ängstige sich aber schrecklich vor ihm, könne sich nirgends aussprechen und habe zu allem Überfluss nun auch noch die ganze Familie blamiert: *Ich bin das Stadtgespräch in Stuttgart.* Das Stadtgespräch, weil sie weggerannt und in der Klapse gewesen ist?, denke ich Hannes selbstzerstörerischen Gedankengang weiter. Dazu muss die besondere Schmach gekommen sein, sich in den späten Dreißigerjahren als *erbkrank* gefühlt zu haben. Hannes Vater, mein Großvater, muss *viel über Erbgesundheit gesprochen* haben, Hanne habe das *schon seit Monaten auf sich bezogen*, schreibt Marie Rueff, sie halte sich für *erbkrank.* In der Befürchtung meiner Tante steckte also sicher mehr als Angst vor einer familiären Blamage. Die Krankenmorde der Nazis wurden, etwa durch den Propagandafilm *Erbkrank* von 1936, ideologisch von langer Hand geplant, schwebten als Schreckgespenst über den Gemütern.

Hannes Reaktion schwankt zwischen Trotz und Scham. Mal begehrt sie, die sich in meinen Kinderaugen neben der unnahbaren älteren Schwester etwas rührend Bockiges bewahrt hatte, gegen das Schicksal auf, das sich ihr in Gestalt des Malers in den Weg gestellt hatte: »*Wegen dem muss ich mir doch nicht das Leben nehmen*«, soll sie zu Marie Rueff gesagt haben. Dann wieder denkt sie schamerfüllt an Selbstmord, um *der*

Familie zu helfen; ihr die Schmach gleich zweier aus der Art geschlagener Töchter zu ersparen.

In geschmeidigem Hochdeutsch zitiert die Ärztin meine Großmutter, die über das Kreuz der Mutterschaft auf gut Schwäbisch, und hoffentlich wirklich nur zu ihrem Mann, gesagt haben muss: *Jetzt hen mer zwei solcher Mädle tshaushocke.* Zwei späte Mädchen, die einen Knacks weghaben, die nicht ganz bei Trost sind. Mein Großvater wiederum, möglicherweise in dem Bestreben, das genierliche, auch finanziell leidige *Tshausehocke* zu vermeiden und rasch einen Anschein von Normalität wiederherzustellen, schreibt Hanne, sie könne (dürfe? solle?) bald heimkommen und ihre alte Stelle im Tierärztlichen Institut wiederaufnehmen. Doch Marie Rueff rät dringend dazu, ihre Patientin erst im kommenden Frühjahr erneut eine bezahlte Stelle annehmen zu lassen, sie sei noch lange nicht einsatzfähig: *Sie wollte gestern einen Blutausstrich auszählen, das Resultat war kläglich.* Marianne soll abermals vermitteln und von einer übereilten Rückkehr nach Stuttgart abraten, eine Mahnung, die auch Werner wenige Tage später eindringlich ausspricht, bevor seine Briefe zum Thema Hannele restlos verstummen.

Die medizinischen Klassifikationen haben sich seither geändert, die endogene, »von innen« heraus erfolgende Depression, bei der angeblich erbliche Faktoren eine Rolle spielen und die Schwermut biologisch begründen, hat sich mittlerweile in eine Vielzahl neuer Begrifflichkeiten ausdifferenziert. Depressionen gelten heutzutage vor allem als unzureichend verarbeitete Verlustsituationen, sie wirken weniger schicksalhaft, gleichzeitig aber auch fordernder; für die Kranken selbst wie für Therapeuten und Angehörige. Im Idealfall bringen sie eine Dynamik der Aufarbeitung ins Rollen: Bei meiner Tante jedoch scheint nur wenig angestoßen worden zu sein, die unselige Veranlagung eher als lähmender Fluch auf der gesamten Familie gelegen zu haben. Man durfte sich nicht zu wichtig nehmen, sich nicht allzu ausgiebig mit sich selbst beschäftigen. Und offenbar waren auch aus den Köpfen der behandelnden Mediziner die Durchhalteparolen der schwarzen Pädagogik und braunen Politik, die dem damaligen Zeitgeist ihre Färbung gaben, nicht wegzudenken. So schreibt Marie Rueff am 12. Dezember 1938, Hanne zeige nach wie vor *einen leichten depressiven Rest, der ja verständlich ist, da sie sich geniert, dass sie nicht durchgehalten hat.* Sie leide unter *Minderwertigkeitsgefühlen, die sie wahrhaftig nicht zu haben bräuchte*, sei ansonsten aber *originell und frisch*, freundlich im Umgang mit den anderen Patienten. Dass Hanne sich für ihren Zusammenbruch geniert, ist das eine, aber dass die Ärztin es billigend hinzunehmen scheint? Immerhin rät sie Marianne eindringlich, Hanne auf keinen Fall sofort ins Stuttgarter Familienleben zu entlassen, damit sie nicht wieder auf *die alte, eingefahrene Bahn* komme, und empfiehlt eine eingehende psychotherapeutische Behandlung, damals eine recht neue Methode, *durch einen männlichen Kollegen.*

Wann das Hannele in die Hasenbergsteige zurück-
kehrte, ob sie tatsächlich die angeratene Konfronta-
tionstherapie absolvierte, muss dahingestellt bleiben.
Ein einziger Brief vom Dezember 1938, direkt an ihre
ältere Schwester adressiert, verharrt in Andeutungen:
Hanne schreibt, allmählich plage sie ihre *Faulheit (und
die Finanzen). Komm doch also bitte in Bälde.* Die auch von
ihr selbst gefürchtete Rückkehr *ins alte Fahrwasser,* auf
das vertraute Familiengleis war nur eine Frage der Zeit,
nun allerdings auf Lebenszeit. Hanne, die als Laborantin mit Blutwerten und -messungen mehr als vertraut war, erfuhr in der langen Lebensgemeinschaft
mit ihrer Schwester auch am eigenen Leibe immer
wieder, dass Blut dicker war als Wasser. *Sisterhood is
powerful,* der legendäre feministische Slogan, hätte ins
Schwenglische übersetzt auch über dem Tantenhaus
in der Röckenwiesenstraße stehen können. Das dortige weibliche Zusammenleben strahlte eine umfas-
sende Vollwertigkeit aus: Die Rollen mochten klar ver-
teilt sein, sie wurden alle erfüllt. Allerdings überwog
wohl die biologische Schwesternschaft die emotionale
Schwesterlichkeit der beiden, ja aller vier Tanten. Eher
Clanzusammenhalt als gewachsene Vertrautheit. Ein-
sames Zähnezusammenbeißen statt gegenseitigem
Tränentrocknen; gemeinsamer Schulterschluss statt
einer Schulter zum Ausweinen. Hanne überlebte ihre
ältere Schwester um sechzehn Jahre, davon die letzten zehn im Altersheim. Erst als Hinterbliebene des
Schwesternquartetts wurde das Hannele zum Oberhaupt der Verwandtschaft, die Todesanzeige ihrer

Schwestern rehabilitierte sie ganze drei Mal, schwarz auf weiß und in voller Länge: *Im Namen der Familie. Johanna Z.* Der Maler verschwand mit Hanne hinter den zugeschmissenen Türen.

Vaterkinder

Noch bevor mich mein Großvater verschmitzt von einer Schwarz-Weiß-Aufnahme aus dem Jahr 1926 ansah, oder vielmehr, noch bevor ich den silbern gerahmten Herrn mit Vatermörder bewusst als eigenen Großvater wahrnahm, kannte ich ihn aus den immer gleichen Geschichten, die mein Vater aus seiner Kindheit erzählte. Mit der unwandelbaren Formel *Erzähl mal, als Du Kind warst* bettelte ich auf Spaziergängen um diese Zeit- und Raumkapseln, die mich in das Stuttgart der frühen Dreißigerjahre versetzten. In das Universum der Reinsburgstraße 85, wo mein Vater 1924 als jüngstes Kind und zweiter Sohn zur Welt gekommen war. Das Repertoire bestand im Wesentlichen aus drei Begebenheiten, von denen die erste, mir mittlerweile entfallene, den sympathischen Bäcker Hummel im Erdgeschoss des Hauses betraf, dessen Geheimnis mein Vater mit ins Grab genommen hat. Doch wie die beiden anderen Episoden hatte auch diese etwas Tragisches, das ich unwillkürlich wiederbeleben wollte wie den dumpf-süßen Schmerz an einem entzündlichen Zahn. Jene heiter erzählten Geschichten schienen für meinen Vater liebgewonnene Anekdoten zu sein und verbanden mich mit seinem kindlichen Behagen. Erst viel später ging mir das Unbehagliche an ihnen auf, ihr Kreisen um Machtstrukturen und Scham.

Bei der ersten Szene muss mein Vater noch sehr klein gewesen sein. Er durfte sich offenbar neben oder unter dem Esstisch der Familie frei bewegen und hielt eine Stopfnadel aus dem mütterlichen Nähkorb in der Hand. Als sein großer Bruder ihm verschwörerisch bedeutete, mit der Nadel durch das Korbgeflecht der Stühle zu pieken, tat mein Vater, wie ihm geheißen – und wusste nicht, wie ihm geschah, als das Opfer, mein Großvater, wutentbrannt hochschnellte und seinen ganzen Zorn über seinen Jüngsten entlud. Zu dieser Geschichte gab es ein ähnlich ablaufendes Pendant mit einer toten Maus, die ich noch heute leibhaftig vor den Beteiligten baumeln sehe. Bei der zweiten Begebenheit stand mein Vater als schon etwas größeres Schulkind im Mittelpunkt. Als der Klassenlehrer eines Tages einen kostenpflichtigen Schulausflug ankündigte, sank meinem Vater das Herz in die Hose, da er angesichts der knappen Haushaltskasse bei seinen Eltern unmöglich um einen Zuschuss bitten mochte. Umso größer dann seine Erleichterung, als der Lehrer hinzusetzte, es gebe natürlich eine Möglichkeit, sich zu arrangieren, falls jemand in Geldnöten sei; die Betreffenden mögen sich nach dem Unterricht einfach bei ihm melden. Als mein Vater zu Hause freudig von dem bevorstehenden Schulausflug und der dankenswerten Unterstützung berichtete, wuchs sich der gekränkte Stolz meines Großvaters zu einem regelrechten Tobsuchtsanfall aus, und mein Vater wurde als *mordsmäß'ger Daggl* wüst beschimpft und *windelweich* geschlagen.

Wusste dieser Vatervater überhaupt, wie sich eine weiche Windel anfühlte? Und was genau wollte er hier in seinem Sohn zu Brei pürieren? Oder vielmehr in seinen Söhnen, denn auch der Bruder meines Vaters bekam regelmäßig *die Gosch voll*, wenn *der Alte* die Schnauze voll hatte. Es waren keine vorsätzlichen Züchtigungen, um den kindlichen Willen zu einer formbaren, zum Himmel stinkenden Masse zu schlagen, eher unkontrollierte Ausbrüche von Jähzorn, mit denen sich mein Großvater die eigene Bitterkeit aus dem Körper prügelte. Eigentlich hatte Ferdinand, der 1876 geborene Waldliebhaber und unschlagbare Pilzkenner, Forstmeister werden wollen, wie der eigene Vater. Dieser Lebenstraum scheiterte, weil er an einem Fuß so viele Zehen wie später Kinder hatte und damit als nicht wehrfähig ausgemustert worden war. 1918 wurde er in letzter Minute doch noch zu den Waffen gerufen, gelangte allerdings nie ins Feld und musste stattdessen im benachbarten Ludwigsburg mit einer demütigenden Soldatenmütze, dem sogenannten Krätzchen, Brotwagen *umenanderschiebe*. Eben weil er nicht gedient hatte, blieb Ferdinand auch von der Laufbahn eines Forstmeisters ausgeschlossen und musste mit der juristischen Ausbildung einen anderen Beamtenweg einschlagen. Bodenständig, sesshaft und, zumal nach Krieg und Inflation, gerade mal gut genug bezahlt, um eine achtköpfige Familie zu ernähren. Auch politisch hielt es mein Großvater eher mit dem bekennenden Katholiken und Juristen Wilhelm Marx als mit dem Ersten Weltkrieg: Anlässlich der Reichstagswahl 1925 soll es zu einem handfesten Ehekrach in der Reinsburgstraße gekommen sein, weil meine Großmutter dem Generalfeldmarschall ihre Stimme schenkte. Als es Jahre später keine Wahl mehr gab, zog der Alte am Esstisch über das Regime her, scheute sich aber, Feindsender zu hören, und war trotz allem in seinem nationalen Stolz geschmeichelt, als die Wehrmacht 1940 Paris besetzte. 1943 wurde er mit einer von Hitler unterschriebenen und in Berchtesgaden ausgestellten Urkunde als Amtsgerichtsdirektor in den Ruhestand entlassen. In seiner freien Zeit beteiligte er sich nun am Graben der sogenannten Pionierstollen, die in ganz Stuttgart vor allem mit weiblicher Muskelkraft in den Berg getrieben wurden und allen, die sich am Bau beteiligt hatten, auf einfachen Holzbänken Schutz vor den Fliegerangriffen gewährten. Während der letzten Kriegsmonate floh der seit 1941 verwitwete Ferdinand vor den Bomben zu seinen Schwägerinnen in die Mühlwehrstraße nach Mergentheim und wurde dort von den Amerikanern, die einen unbelasteten Richter suchten, bei Kriegsende noch einmal dienstverpflichtet. Im Kindheitsmythos der Tanten, seiner Töchter, war *der Vatter* sein gesamtes Berufsleben lang im Rang eines mittellosen Assessors verblieben, womit sie durchblicken ließen, dass die legendäre Geldknappheit der Familie nicht etwa Unvermögen, sondern einer gewissen politischen Standhaftigkeit geschuldet und eher Adel als Schmach war.

Auf den überlieferten Fotografien aus den Dreißigerjahren wechselt die kompakte Statur meines Großvaters zwischen der lebendigen Wanderkluft mit Knickerbockern, Kniestrümpfen und Fernglas und restlos erstarrten Innenraumposen: Als käme er nie mehr aus dem Sessel hoch, thront er, wie sitzend aufgebahrt, anlässlich seines 60. Geburtstages im Jahr 1930 neben einem skurril überladenen Gabentisch voller Spirituosen und Blumen. Und schaut ein paar Jahre später, mit hochgezogenen Schultern, steif, halslos und gedrungen, über dem zeittypischen nasenbreiten Schnauzer ratsuchend in die Kamera, die ihm seine Identität entlocken will. Die letzten Aufnahmen aus den späten Vierzigerjahren zeigen ihn bereits stark abgemagert, fast schon ausgemergelt, auf unbestimmte Weise aber wohlig erschlafft.

Seine Älteste war sein Augenstern. Die schöne, begabte, fleißige Tochter, die sämtliche Investitionen rechtfertigte. Das einzige Kind, dem mein Großvater ein Studium zahlte. Die Vertraute, der er regelmäßig über den labilen Gesundheitszustand der Mutter berichtete und an die er sich wandte, als das Hannele von zu Hause türmte. Am 28. November 1938 lässt er sie per Postkarte nach Berlin wissen, dass er nach Ulm fahren wolle, und bittet sie, ihm *umgehend* zu schreiben, falls sie diesen Besuch *nicht für angebracht* halte. Rund achtzig Jahre später muss ich einen professionellen Entzifferer bemühen, um mir die dicht gedrängte, steile Schrift zu erschließen. Noch nicht einmal lesen kann ich diesen

Großvater, den ich nie habe sehen oder hören können. Auch seine Schrift bleibt stumm für mich, ich bleibe blind für sie. Einen verstörenden Moment lang werden seine Zeilen von einem Unbekannten unter die Lupe genommen, der für die eigentümliche Kurrentschrift einen Aufpreis verlangt und sich mit fachmännischer Neutralität um eine Interlinearversion bemüht. Ich hingegen frage mich bange, was mich zwischen den Zeilen erwartet, fürchte nach den Kindheitserzählungen meines Vaters den gewaltsamen Einbruch in die großväterliche Welt, diese Begegnung, die uns, ihn und mich, zum ersten Mal in einem Tête-à-Tête vereint. Zwischen uns, in einem zeitlichen Vakuum, der Entzifferer, der nichts ahnend meinen Lebensfaden mit dem des Vatervaters verknüpft. In der digitalen Umschrift verlieren die tiefschwarzen Hieroglyphen jedoch an Bedrohlichkeit. Aus den großväterlichen Zeilen spricht Sorge, tiefe Beunruhigung, die sich hinter einem hochsprachlichen Schutzwall verschanzt: *Nachdem mich Dr. R. so inquirierte, auf de hereditate, lief es mir eiskalt den Buckel herunter* – das Schreckgespenst der Erblichkeit, hier war es wieder. Besorgnis um die Tochter, natürlich, aber auch Angst vor dem Verstandes-, der zugleich ein Standesverlust gewesen wäre. Und als wollte er vor allem sich selbst Mut zusprechen, legt er ganz am Schluss seiner eng beschriebenen Postkarte einem Onkel folgende Worte in den Mund: *Aequam memento rebus in arduis servare mentem. Bedenke in schwierigen Dingen den Verstand zu bewahren.*

Auch Ferdinand hatte eine rettende Erklärung für

den *depressiven Zustand* seiner Zweitgeborenen parat, allerdings eine andere als die Ulmer Nervenärztin. Am 1. Dezember 1938, wieder aus Ulm zurückgekehrt, schreibt er an Marianne, er sei beim Anblick seiner Tochter doch *einigermaßen erschüttert* gewesen, glaube aber, *sie wenigstens einigermaßen beruhigt zu haben.* Aus seinem Brief geht deutlich hervor, dass er sich für denjenigen hält, der in dieser leidigen Angelegenheit endlich *Aufschluss* zu geben und *einen realen Hintergrund* aufzudecken vermochte. Beide Eltern schoben Hannes Verzweiflungstat auf ihre neue Stellung am Tierärztlichen Institut, schließlich war ihr Sorgenkind schon bei einem früheren Stellenwechsel *kopfscheu* geworden. Vater Z. stellte darüber hinaus in Ulm klar, dass Hannes *Aufgabe der vorherigen Stelle keine Flucht vor der Arbeit gewesen sei.* Bislang habe ihr noch jede berufliche Veränderung einen *Knacks* versetzt, ja, nicht zuletzt habe sie *schon als Schulkind am Beginn der Aufgabenfertigung eine Heulouvertüre zum besten* gegeben. Was Marie Rueff wohl aus diesem Vater gelesen haben mag? Er selbst versucht, sich und Marianne mit der Mitteilung zu beruhigen, Hanne habe unlängst noch sehr konzentriert einen ganzen Roman lesen können. Der Innen- und Rückschau zieht Ferdinand pragmatisches Handeln vor: Er läuft zum Oberregierungsrat, um Hanne eine neue Stelle zu verschaffen, will sie möglichst bald zurück nach Stuttgart holen. Er erkundigt sich nach der angemessenen *Entschädigung* für die behandelnde Nervenärztin, hält jetzt, wo die Suizidgefahr gebannt scheint, Hannes weiteren Aufenthalt in Ulm für entbehrlich und ihre *Angelegenheit* so gut wie möglich von der besorgten Mutter fern. Dieses Ansinnen scheint indes nur bedingt Erfolg zu haben: Seine Frau lässt ihrer Großen ausrichten, sie sei es gewohnt, *für Hanne Geduld haben zu müssen* und tue *dies auch in Zukunft gerne.*

Wer Geduld haben muss, hofft insgeheim schon auf ein Ende des Erduldens. Das Schicksal schien es gut mit meinen Großeltern zu meinen, denn Hannes *Angelegenheit* war scheinbar rasch bereinigt und *Ulm* im Februar 1939 *nun Gottlob bezahlt*, wie Marianne von der Mutter erfuhr. Zwischen Hannes Flucht nach vorn und der letzten Friedensweihnacht 1938 hatten die Nazis am 16. Dezember das Ehrenkreuz der Deutschen Mutter gestiftet. Meine Großmutter, die letztlich doch nicht *zwei solcher Mädle tshaushocke* hatte, galt demnach noch immer als »erbtüchtig« und machte sich im folgenden Jahr, ein Foto hält das Ereignis fest, auf den Weg zur Verleihung des silbernen Mutterkreuzes. Mein Großvater bemühte sich wohl nicht, Hannes verwundete Seele eingehender zu ergründen; hatte kein Interesse an einem weiteren Verstehen, jetzt wo der Verstand gerettet schien. Oder tue ich ihm nachträglich unrecht? Er scheint für seine Töchter eine prägende Gestalt gewesen zu sein, Vorbild und Förderer, ihren Berufswünschen gegenüber weitgehend aufgeschlossen, aber auch Despot, unberechenbarer Haustyrann. Inwieweit konnte er sich auf ihr inneres Sehnen und Suchen einlassen? Wollte er sie vor allem schnell auf eigenen Beinen, gleichzeitig aber auch als Fürsorgerinnen an seiner Seite wissen? Die Vaterbindung meiner

Tanten war gewiss eine enge, ein Urteil darüber, ob sie möglicherweise zu eng war, steht mir nicht zu. Die Ehe meiner Großeltern wird unspektakulär stabil gewesen sein, die Rollenverteilung konventionell. Vielleicht empfanden die Tanten den Preis des Schattendaseins der immer ausgleichenden und kränkelnden, der schonungsbedürftigen Mutter als zu hoch, um sich selbst an diesem Modell versuchen zu wollen?

Meine Großmutter war dreißig Jahre vor meiner Geburt gestorben, mein Großvater mehr als zwanzig. Was mir von ihnen überliefert ist, sind Fotos, unleserliche Briefe, Anekdoten, einzelne Sätze und die liebende Erinnerung, mit der meine Tanten und mein Vater ihrer gedachten; die dinglichen Übergangsobjekte oder -orte, die wie das rote Sofa und der Blaue Weg eine Rückbindung schufen. Das Tantenhaus in der Röckenwiesenstraße, das immer auch Elternhaus sein wollte und blieb, war mir ein Stück weit auch Großelternhaus. Gleichzeitig Geborgenheit und moralische Instanz. Doch was war mit der ebenfalls spürbaren Scham anzufangen, mit dem Verhaltensein, den zugeschmissenen Türen, den gefallenen Verlobten? Mit der Angst vor Berührungen, dem tiefgreifenden Misstrauen Männern gegenüber? Hannes wenige Worte lassen mich nicht los. Ich kann nicht anders, als ihnen nachzuhorchen, mein Aufschrecken und nachhaltiges Erschrecken ebenso ernst zu nehmen wie die gedruckten und mündlichen Zeugnisse im Koffer und Anekdotenschatz der Familie. Gleich vier Schwestern als Opfer des sogenannten Frauenüberschusses oder Männermangels?

Meine selbstbestimmten Tanten hatten offenbar nicht nur keine Ehe gesucht, sondern auch keinen Mann an sich heranlassen wollen. Ebenso wenig hatten sie sich meines Wissens jemals nachträglich sexuell legitimieren wollen, wenigstens in winzigen Andeutungen verlauten lassen, dass auch sie von Liebe, von Erotik etwas verstanden; dass sie keine Zukurzgekommenen waren. Auch das macht mich hellhörig. Hannes Scheu lässt mich an eine repressive Sexualmoral, an eine Tabuisierung der Sexualität innerhalb der Familie denken, aber auch an seelische Verletzungen nach autoritären Zurechtstauchungen, nach – unwillkürlich gelange ich auch an diesen Punkt – sexuellen Übergriffen, nach Missbrauchserfahrungen. Dieser Verdacht wird auf immer im Dunkeln, soll aber von mir, der nachgeborenen Nichte, auch nicht ungedacht bleiben. War mein richterlicher Großvater zwar Hüter des Gesetzes, aber nicht Beschützer genug, hätte er es überhaupt sein können? Vielleicht gefällt es mir auch nachträglich, das Recht nicht nur dem *pater familias* zuzuordnen, nicht allein die patriarchalische Familienstruktur im Recht zu sehen? Mich auf die Seite der Töchter, meiner Tanten zu stellen, die zuhören, heilen, wiedergutmachen wollten. Die der Robe und Augenbinde ihre Kittelberufe vorgezogen und sich damit an die mütterliche Linie rückgebunden hatten: an ihren Großvater Anton, den Mergentheimer Stadtarzt und Vater der Urtanten.

Gefährtinnen

Ein Foto mit der Aufschrift *Rosenmontag 1971* zeigt zehn Personen um den runden Tisch und auf dem roten Sofa, die betont heiter oder aber mit authentischer Skepsis in die Kamera blicken und vermutlich soeben Hannes Zitronenkrem verspeist haben: die meisten mit einem kuriosen Kopfschmuck, mein Vater, einer der beiden einzigen Männer, sogar mit einer schwarzen Langhaarperücke. Ein, zwei Masken baumeln von einer Stehlampe, Hanne sitzt mit einer vorgebundenen Schürze, von der nicht auszumachen ist, ob sie Teil der Verkleidung ist, vorne links, die Tür zur Küche direkt im Rücken, die Hände tatenbereit auf die Knie gestützt. Vierzehn Jahre später ein weiteres Foto, *Fastnachtsdienstag*, das auf dem kleinen Balkon der Röckenwiesenstraße entstanden ist. Hanne, wieder mit einer Schürze oder vielmehr einem großen Geschirrtuch um die Taille, hat sich einen roten Schal um den Hals geschlungen und lacht unter einem verdächtig schimmernden Zylinder spitzbübisch in die Kamera. Eingehakt steht sie neben einer älteren Dame mit schwarzer Haube, die unter den verschränkten Händen dezent einen weiten gemusterten Rock zusammenhält, während auf der gestreiften Häkelstola silbern ein Exemplar der Ellwanger Kette blitzt. Die Fastnachtsbesucherin war eine Tante aus der Mutterfamilie, die ebenfalls in Stuttgart wohnte und offenbar, was mir erst dieses Foto verriet oder wieder in Erinnerung brachte, Kontakt zu ihren entfernten Verwandten in der Röckenwiesenstraße pflegte.

Tante Trudel wohnte in einem mir als Kind stattlich erscheinenden Haus am Killesberg, der mir mit seinem ulkigen Namen immer sympathisch war. Während der Ostertage fuhr ich regelmäßig mit meiner Mutter vom Hauptbahnhof aus mit dem Bus auf die nördliche Anhöhe, wo Tante Trudel uns zum Mittagessen mit Maultaschen bekochte, als bekennende Gehfaule eine generationenübergreifende Mittagsruhe verordnete und zum anschließenden Kaffee Stuttgarter Wibele und Zuckerhasen servierte. Allein die Maultaschen hätten gereicht, mich wunschlos glücklich zu machen, aber auch die trägen, grün gepolsterten Familienmöbel aus Ellwangen, die Malstifte, mit denen sie mich versorgte, schufen ein Gefühl von Behaglichkeit. Auch meine Mutter wirkte im Beisein ihrer Tante, deren gefürchtete Belehrsucht sich im Laufe der Jahre gelegt und vor den Großneffen und -nichten haltgemacht zu haben schien, weitgehend entspannt. In den Stuttgarter Zuckerhasen, die es zu meiner Zeit in Rot und Braun gab, noch nicht, wie inzwischen auch, in Grün, steckten Unmengen an Farbstoff, Rahm und natürlich Zucker. Die Ziehharmonika spielenden, Roller fahrenden oder Kiepen schulternden Hasen waren aus traditionellen, gusseisernen Formen geschlüpft, die zum Teil noch, wie die Tante, aus dem 19. Jahrhundert stammten. Im Mund zersplitterten und zergingen sie, die Karamellhasen ganz besonders, wie kleine Glückskugeln. Mit den Stuttgarter Wibele, winzig und trocken, gänzlich fettfrei, tat ich mich deutlich schwerer. Eine grüne Blechdose mit der Aufschrift »Echte Langenburger Wibele«, die es bis in die Celler Küchenschränke geschafft hatte, verwies unmissverständlich auf den namensgebenden Herrn Wibel im goldenen Scherenschnittprofil. Dennoch hatten die angeblich als Schuhsohlen oder Doppelpunkte gedachten Formen eine verdächtige Nähe zu hellhäutigen Brüsten, und der Weg schien nicht weit vom Wibele zum Weibchen.

Die Hüterin der Wibele, Tante Trudel, war 1897 als Gertrud und zweite Schwester meines Großvaters mütterlicherseits zur Welt gekommen, der außerdem noch zwei Brüder hatte. Ihr Vater, Ehemann der korpulenten Urgroßmutter vom Stuttgarter Westbahnhof, war bereits 1902 gestorben. Aus dieser fernen Zeit ist übereinstimmend ein *gefallener Verlobter*, der Sohn eines Uhrmachers, überliefert: nunmehr aber ein reales Opfer des Ersten Weltkriegs, aus dem auch einer von Trudels Brüdern nicht mehr zurückkehren sollte. Nach dem Krieg übernahm Trudel, da ihre Schwester in Osnabrück geheiratet hatte, die Verantwortung und den Haushalt für die jung verwitwete Mutter und absolvierte, obwohl katholischer Herkunft, in den Jahren 1915 bis 1917 parallel dazu eine Ausbildung als Kindergärtnerin und Jugendleiterin am evangelischen Fröbelseminar in Stuttgart. Der Romantiker und Pestalozzi-Schüler Friedrich Fröbel hatte als Erfinder des Kindergartens eine ganzheitliche Erziehung des Menschen angestrebt. Neben einer Beschäftigungsanstalt für Kleinkinder sollte der Kindergarten auch Bildungsstätte für Frauen und Mütter sein. Seine Idee einer »geistigen Mütterlichkeit« beschränkte sich nicht nur auf die biologische Mutter, sondern war Ziel jeder weiblichen Ausbildung – bei jungen oder angehenden Müttern ebenso wie bei unverheirateten Frauen. Die Mütterlichkeit als Prinzip aller Frauenarbeit wurde in der zweiten Hälfte des 19. Jahrhunderts, ob in Schulen, Kindergärten, Ministerien oder Parlamenten, durch die Frauenbewegung weiterentwickelt: Praktisch jede Frau galt als Mutter. Man stritt für Berufe in den Bereichen Erziehung, Bildung und Sozialpädagogik, damit auch Frauen aus dem Bürgertum, ohne die traditionelle Rollenteilung zu gefährden, eigenständig sein und der Gemeinschaft Gutes tun konnten.

Seit 1880 galt im Deutschen Reich allerdings das Lehrerinnenzölibat, das nach dem Ersten Weltkrieg nur vorübergehend aufgehoben wurde und anschließend in Baden-Württemberg noch länger als im übrigen Deutschland, nämlich bis 1956, bestehen sollte. Wer eine lebenslange Laufbahn als Pädagogin ins Auge fasste, musste auf eine Heirat verzichten, die Vereinbarkeit von Beruf und Familie schien nur von Männern geleistet werden zu können. Zumal im bürgerlichen Milieu wurde die Berufstätigkeit gerne als willkommene Überbrückung gesehen, bevor die Frau

in den Hafen der Ehe einlaufen und sich als Mutter
ihrer eigentlichen Bestimmung widmen durfte. Womöglich war das Lehrerinnenzölibat für viele Frauen
aber auch ein vorauseilender Loskauf. Und für meine
Großtante? Hätte sie ihre Ausbildung wirklich bereitwillig geopfert, wenn der Uhrmachersohn nicht gefallen wäre? Oder war sie womöglich eine heimliche
Berufszölibatärin?

Tante Trudel ging perfekt im Zeitgeist der Mütterlich-
keit auf und brachte es schnell zu beruflichem Erfolg.
Nach ihrer Ausbildung leitete sie im Kinderheim der
Stadt Stuttgart zunächst die Abteilung für Klein- und
Schulkinder, arbeitete im Sommer als Hausmutter im
Kindererholungsheim Heuburg und wurde 1922, mit
nur fünfundzwanzig Jahren, als stellvertretende Leiterin an die 1917 von Luise Lampert gegründete Stuttgarter Mütterschule berufen. Die sechs Jahre ältere Luise
Lampert, die ebenfalls Stuttgarterin war und mit ihrer
Mutter und früh verwitweten Schwester zusammen-
lebte, verstand ihre Gründung, die erste Mütterschule
Deutschlands, ausdrücklich als Bildungsstätte. Als
eine der möglichen Umsetzungen von Fröbels Gedanken. 1934, im Erscheinungsjahr von Johanna Haarers
unseligem Erziehungsratgeber *Die deutsche Mutter und
ihr erstes Kind*, trat Tante Trudel Luise Lamperts Nach-
folge als Leiterin an.

Es beschäftigte mich natürlich als Kind, dass ausgerechnet diese freundliche, aber nicht übermäßig
herzliche Tante, meine kinderlose Großtante, so etwas

wie die Mutter aller Mütter sein sollte. Eine Art Über-Mutter, auf deren Kompetenz man in der Familie große Stücke zu halten schien. Konnte man Muttersein denn beibringen, ließ es sich erlernen? Mit der Selbstverständlichkeit der eigenen Mutter war es dahin, und auch mit der Tante als Nichtmutter par excellence. Das Besondere an den Stuttgarter Vaterschwestern war ja, dass sie in jeder Hinsicht alleinstehend waren, kinder- und männerlos. Tante Trudel trat zwar ebenfalls selbstbestimmt auf, hielt mit ihrem Lebensweg aber dennoch an der Mütterlichkeit fest: an einer ideologischen, theoretischen, perfekt angelernten. Nachträglich wundert es mich, dass meine nicht berufstätige Mutter angesichts des geballten Mütterschulwissens derartig gelassen wirkte. So wie Elsa Beskow aus der eigenen Mutter kurzerhand die dritte reformpädagogische Tante gemacht hatte, schien sich mit Trudel die berufstätige Tante in eine Mutter von Berufs wegen verwandeln zu wollen. Mit über achtzig Jahren gab Trudel einer Biografin zur Auskunft, vor allem das Beispiel ihrer eigenen Mutter, die als nur siebenundzwanzigjährige Witwe ihren fünf Kindern eine unbeschwerte Kindheit und solide Ausbildung ermöglicht hatte, habe ihr die Bedeutung der Mutter für die Familie vor Augen geführt. Der schwierigen, kriegsbedingten Situation von Frauen und Müttern in Form einer Institution die entsprechende Unterstützung zu bieten, war auch für Luise Lampert ein maßgeblicher Impuls. Beide Frauen vermittelten ein Ideal, das sie selbst nie leben sollten, das sie via geistiger Mütterlichkeit der erstrebten Vollwertigkeit aber sehr nahebrachte.

In der Anfangszeit waren der Mütterschule eine Kinderkrippe und ein Kindergarten angegliedert, damit die Kursteilnehmerinnen ungestört und zugleich aus eigener Anschauung lernen konnten. 1924 berichtete Trudel, offiziell natürlich Fräulein Gertrud K., in der Zeitschrift *Jugendwohl* über mehrere sechswöchige Nachmittagskurse pro Jahr für meist nicht berufstätige, werdende Mütter und ebenso viele Abendkurse für berufstätige Frauen. Der Bruder meiner Mutter meint sich zu erinnern, dass auf Tante Trudels Betreiben damals auch Abendkurse für Männer eingerichtet wurden, und tatsächlich standen neben Erziehungsfragen, Säuglingspflege und Mütterabenden für Ehemalige auch »Spielzeugkurse für Mütter und Väter vor Weihnachten und Ostern« auf dem Programm: zweimal jährlich.

Als Gertrud 1934 die Leitung dieser Institution übernahm, hatte sich bereits jede Unschuld aus dem Konzept der biologischen wie geistigen Mütterlichkeit gestohlen. Schon in den letzten Jahren der Weimarer Republik waren die Lehrinhalte etwa zu »Vererbungsfragen« zunehmend ideologisch gefärbt, der Übergang zu den Vorgaben des Regimes war ein fließender: Neben der biologischen Mutterschaft, die die gebärfreudige Frau mit Muttertag, Mutterkreuz und Mutterkult dem Staat unterwarf, wurde auch die seelische propagiert, die die berufstätige Frau ihrem Volk dienstbar machte. Auch wenn sich meine Tante im Stillen ihre

christlich-katholische Sicht bewahrt und das Fröbel'-
sche Erbe hochgehalten haben mag, lassen die 1934 er-
schienenen *Richtlinien für die Durchführung der Mütterschulung* keinen Zweifel an den Direktiven, denen sie
sie sich zu beugen hatte. Direktiven, die nicht zuletzt
auch ihr jahrelanges Engagement, ja, ihren Lebens-
inhalt aufwerteten. Lehrkräfte und Leiterinnen von
Mütterschulen, von denen viele auch nach dem Macht-
wechsel im Amt blieben, sollten neben Fachkennt-
nissen, persönlicher Eignung und Lebensreife ausdrücklich »auf dem Boden des nationalsozialistischen
Staates stehen«; alle Leiterinnen mussten durch die
»Reichsarbeitsgemeinschaft« bestätigt werden. Tante
Trudel wurde Parteimitglied. Immerhin konnte die
1934 erfolgende Gleichschaltung der deutschen Mütterschulen in Stuttgart erfolgreich um zwei Jahre hinaus-
gezögert werden, bis auch die Gründungsinstitution
im Rachen des Reichsmütterdienstes verschwand. Die
offiziellen Richtlinien setzten auf ihren »Musterlehr-
plan« unter der Überschrift »Allgemeine Schulung«
Punkte wie »Mütterschulung und nationalsozialisti-
sche Weltanschauung« oder »Erblehre und Erbpflege
als mütterliche Aufgabe«. In Stuttgart kamen in jenen
Jahren neue Kurse wie »Haushalt, Heim, Familie«,
»Brauchtum und Heimgestaltung« oder »Der Hausgar-
ten und seine Pflege« hinzu.

Im Zuge der vorläufigen Auflösung der Mütterschulen, die 1945 als NS-Bildungsstätten galten, musste
auch Trudel als Leiterin entnazifiziert werden. Zwei
Jahre später wurde sie erneut an die Stuttgarter Ein-

richtung berufen, die sie bis zu ihrem Ruhestand im Jahr 1966 leitete. Hatte jemand überprüft, ob sie mittlerweile anders dachte? Oder schlicht wieder so wie in den Zwanzigerjahren, im Sinne ihres katholischen Ursprungsmilieus, im Sinne des Fröbel'schen, nahtlos in die Nachkriegsrestauration passenden weiblichen Rollenbildes? In den späten Fünfzigerjahren übernahm Gertrud Kleber außerdem den Vorsitz der Dachorganisation »Arbeitsgemeinschaft der Mütterschulen«, schrieb diverse Veröffentlichungen zu deren Bildungsauftrag und beriet noch über Jahre hinweg die Leiterinnen der Nachfolgegeneration. Wie der Bruder meiner Mutter berichtet, wurde über die Entnazifizierung der Über-Mutter in der Familie nur verschämt, *hinter vorgehaltener Hand,* gesprochen. Nach Kriegsende tilgte Trudel alle inhaltlichen Spuren der dunklen Mütterschuljahre als möglicherweise belastendes Material. Während sie 1950 auf der Todesanzeige ihrer *wohlvorbereitet entschlafenen* Mutter noch schlicht als *Jugendleiterin* figurierte, sprach fünfunddreißig Jahre später aus ihrer eigenen ungeniert die gesellschaftliche Rehabilitation: *Leiterin der Mütterschule i. R. Trägerin der Verdienstmedaille des Landes Baden-Württemberg.*

Die Erinnerungen an Trudel, die mir zugetragen werden, decken das ganze Spektrum der Mütterschulleiterin von der fachkundigen Beraterin bis zur unermüdlich bastelnden Kindergärtnerin ab. Schon der Bruder meiner Mutter, 1937 geboren, besuchte die Tante während der Sommerferien in Stuttgart in ihrer Wohnung am Killesberg, die sie aufgrund der Wohnungsnot in den ersten Nachkriegsjahren mit einer anderen alleinstehenden Frau teilen musste. Trudel zeigte ihrem Neffen die Stadt, ging mit ihm in den Zoo oder nahm ihn mit zur Bundesgartenschau; auch damals gab es schon Zuckerhasen und Wibele bei ihr. Doch umwehte sie auch etwas Herb-Autoritäres. Die *sehr strenge Tante*, die auf Korrektheit und saubere Fingernägel achtete, sei erst erheblich später zu einer etwas *milderen* Respektsperson geworden – gemocht, wenn auch nicht geliebt. Die Frau meines Onkels verinnerlichte später, dass man sich Tante Trudel besser ungeschminkt zeigen, der Rock lang genug und das Dekolleté nicht zu tief sein sollte. Beim Nähern der *furchtbar pingeligen* Tante wurde in ihrem Bonner Haushalt bis hin zu den Vorhängen alles gewaschen und auf Hochglanz gebracht. Wenn umgekehrt die Großneffen und -nichten aus Bonn am Killesberg zu Besuch waren, wurden sie zwar fachgerecht bespielt und kundig beschäftigt, mussten aber *sitzen wie in der Kadettenschule*. Angesichts von Trudels unverrückbaren Grundsätzen war es nicht nur für die Kinder eine kleine Genugtuung, dass das falsche Haarteil auf dem Tanten- und Großtantenhaupt meist sichtlich verrutscht war.

Ihre Aufseherinnenfunktion übte Trudel offenbar bevorzugt bei der Familie ihres jüngeren Bruders Hermann aus, dem Vater meiner Mutter und des erinnernden Onkels. Hermann wurde zeitlebens von seiner großen Schwester *gedeckelt*, parierte folgsam und tat sich noch im gestandenen Alter auf Geschäftsreisen nach

Stuttgart das unbequeme *Prokrustresbett* an, das Trudel in ihrer Wohnung für ihr *Hermännle* aufstellte. Mittlerweile frage ich mich, ob das meinem Großvater zugeschriebene Diktum, es sei *obszön*, wenn man in einem Frauenpumps den Zehenansatz sehen könne, in Wirklichkeit nicht eher eine Vorgabe Trudels war; die im Übrigen zur Folge hatte, dass ich als Kind an rebellischen Frauenfüßen natürlich alles Mögliche, nur nicht den Spalt zwischen zwei Zehen sah. Meine Großmutter jedenfalls trug solche vorwitzigen Schuhe mit Sicherheit nicht. Sie lebte, wie ihr Sohn sich erinnert, in einer bei insgesamt sechs Kindern, Säuglingsphasen und Erziehungsparcours nicht abreißenden Angst vor Trudels Urteil. Trafen deren spitze Bemerkungen mal wieder einen speckigen Anzug des jüngeren Bruders, wurde das anstößige Stück umgehend gewechselt. Als Schwägerin war die kinderlose Mütter- und Haushaltsspezialistin gewiss eine Herausforderung.

Ganz anders hingegen das Bild, das mir aus Trudels Schwesterfamilie gespiegelt wird. Verspürte sie eine unbestimmte Eifersucht auf die Schwägerin, einen gewissen Besitzanspruch auf den Bruder wie meine anderen Tanten? Eine Zurücksetzung, die indirekt auch die Bruderkinder zu spüren bekamen? Tante Trudel jedenfalls konnte sehr wohl mit Kindern, wenn sie wollte. Der gutmütige Verdacht meines Onkels, dass die Osnabrücker in Trudels Augen immer alles richtig gemacht hätten, deckt sich mit den Erinnerungen der dortigen Nichte an eine Tante voll *unerschöpflicher Kreativität und Spielfreude*. Die norddeutschen Cousins müssen, so mutmaßt mein Onkel, nicht nur als Schwestern-, sondern auch als Architektenkinder dem für das Prestige alles Künstlerischen empfänglichen Tantenherz nähergestanden haben. Jahrzehntelang verbrachte Trudel die Weihnachtstage in Osnabrück, bevor sie auf dem Rückweg in Ludwigshafen bei ihrem Bruder vorbeischaute. In Osnabrück war sie schlichtweg eine andere, nämlich *Tante Tuti*.

Auch die Zeitläufe wirkten zugunsten einer engeren Bindung zu den norddeutschen Verwandten. 1941 zog Trudels Schwester Anne mit ihren vier Kindern vor den nächtlichen Fliegerangriffen in die nur vermeintlich sicherere mütterliche Wohnung am Stuttgarter Westbahnhof. Dankbar erinnert sich die Osnabrücker Nichte an die herzliche Aufnahme, die der Stuttgarter Zweifrauenhaushalt ihrer *großen Invasion aus dem Norden* bereitete, an *herrliche Zeiten – trotz des Krieges*. An den festlich gedeckten Ostertisch nach der samstäglichen Auferstehungsfeier, den ein riesiger Lebkuchenhase und zu Veilchenvasen umfunktionierte ausgeblasene Eier schmückten; an Spielenachmittage mit der ganzen Familie am großen Wohnzimmertisch mit immer neuen Gesellschafts-, Schreib- und Malspielen; und, ein besonders nachhaltiger Eindruck, an eine Wanderung zum Bärenschlössle, bei der Tante Tuti Stöcke anspitzte, *rote Würschtle* aus einem Korb zauberte, ein Feuer machte und jedem Kind einen Stock mit aufgespießtem Würstchen reichte. Auch die sprichwörtliche Märchentante verkörperte Tuti, wenn sie sonntagmorgens nicht schon früh in die Mütterschule musste und der Nichte, die zu ihr ins Bett gekrochen kam, Hauffs *Kalif Storch* und *Zwerg Nase* erzählte. Oder Richard von Volkmann-Leanders »Die drei Schwestern mit den gläsernen Herzen«; von denen die Zweitälteste, deren Herz durch eine Tasse zu heißen Kaffees einen Sprung bekommen hatte, »die Tante« wurde, »und zwar die allerbeste Tante der Welt«. Tante Trudel brachte mit ihrer handwerklichen Begabung, ihrer bewundernswerten Sorgfalt und Erfindungslust wahre Wunderwerke der Bastelkunst zustande, wie etwa einen liebevoll zusammengestellten kleinen Teppichladen, der noch in meiner Generation als Filiale des klassischen, selbstgeschreinerten Kaufladens in der Familie behutsam herumgereicht wurde: winzige Teppichrollen, handgesäumte Miniaturdeckchen, mit der Lupe gehäkelte Kissenbezüge – das alles in eigens dafür angefertigten kleinen Kästchen unter der natürlich ebenfalls selbstgenähten gestreiften Markise des gezimmerten Verkaufsstandes.

Es wundert also nicht, dass Tante Trudel auf dem Faschingsfoto mit einer durchdachten Verkleidung aufwartet, während Hanne zwischen Küche und Balkon schnell nach ein, zwei Requisiten gegriffen zu haben scheint. An jenem Faschingsnachmittag sehe ich Trudel hochcitsvoll zwischen einer quirligen Mitstreiterin aus Hannes Konversationskurs und einer neuen Rombekanntschaft auf dem roten Sofa thronen. Mit den Luftschlangen, die Hanne über den runden Tisch pustet, sausen die Gesprächsfetzen an ihr vorbei. Trudel schaut bemüht an den Teerändern vorbei und konzentriert sich auf das Auslöffeln von Hannes Zitronenkrem, die, das muss sie zugeben, gar nicht übel geraten ist. Zumal wenn sie bedenkt, was sie vorhin im Flur durch die Küchentür gesehen hat: Vielleicht hätten sie in der Mütterschule den Kurs in Haushaltsführung damals auch für unverheiratete Frauen anbieten sollen? Sie geht als Letzte – schließlich ist sie die einzige geladene Verwandte, die Base –, merkt partout nicht, dass Irene seit einer Weile ständig auf die Uhr guckt; in Sankt Michael ruft schon das Bußamt mit der Aschenauflegung. Endlich verschwindet Trudel im Bad, um die schwarze Haube abzusetzen und das braune Haarteil zurechtzurücken, bedankt sich bei den Zimmerlischen Schwestern, wo es *scho immer arg nett* sei, und macht sich auf den Weg zum 41er an der Bushaltestelle am Westbahnhof.

»G'schmeggd hedd's ihr aber. Sie hedd sogar zweimal nachgnomma.«

Hanne pfeffert Tassen und Teller in die Spüle, die Fischle verfangen sich im Ausguss.

»Ja, bressiert hedd's ihr ned grad«, sagt Irene, die in ihrer *Däsch* nach den Autoschlüsseln kramt. »Die Kleber'schen sitzet eba gerne.«

Marianne zieht die letzte Nummer von *Paris Match* zwischen den Merianheften hervor und lässt erneut die monegassische Fürstenfamilie oben zu liegen kommen. Tüchtig sei sie gewesen, die Trudel, das müsse man ihr lassen, und immer noch *a resoluds Weib.*

»Die Wibele vom Treiber sind a arg droggnes Glomb,

die bringa mir am Sonntag d'Hilde mit«, ruft Irene in die Küche und stopft das Tütchen, an das Trudel mit einer selbstgehäkelten Kordel zwei lila Krokusblüten gebunden hat, in die Handtasche. »I han jezd koi Zeiz mehr zum Ufräume. Ade Marianne, Ade Hanne!«, und schon kracht die Tür ins Schloss.

*

Trudel bleibt allein aufgrund ihres Geburtsjahrgangs eine Ur- und Ausnahmetante. Die tantenhafte »Belehrsucht« war zwar in ihrem Falle nicht wie bei Uwe Johnson »unablässig«, im Laufe der Zeit sogar eher nachlassend, aber doch in ihrem ganzen Auftreten spürbar. Ja, auch ein Quäntchen des »Verkniffenen«, »Nonnenhaften« und »Gestutzten« von Ursula März' liebenswerter *Tante Martl*, die mit ihrem Habitus stellvertretend alle »tantenartigen«, nicht gefallsüchtigen weiblichen Wesen verkörpert, fand sich an ihr. Schrullig und weltoffen zugleich dachte ich mir all die anonymen, alleinstehenden Gefährtinnen, mit denen die Tanten verreisten, wanderten, Kaffee tranken, in Vorträge gingen, Konzerte anhörten oder eben Fasching feierten. Von denen ich manchmal die eine oder andere sah, als förmliche Frau R oder Frau K, in meinen Kinderaugen schlammfarben austauschbar, in Wirklichkeit vermutlich jedoch ebenso gebrochen schillernd wie die Vaterschwestern.

Auch außerhalb von Stuttgart prägten viele dieser zwischen 1905 und 1925 geborenen Frauen meine Kindheit: Musiklehrerinnen, Freundinnen meiner Mutter, Kolleginnen meines Vaters, entfernte Verwandte; oft in weiblichen Wohn- und Lebensgemeinschaften eng einander verbunden. Wollte man in Celle Geigenunterricht nehmen, lernte man nicht nur den Bogen zu führen, sondern von den vielen alleinstehenden Musikerinnen auch ein Stückchen Lebenstüchtigkeit. Es gab eine barsche Hannelore, die in einem verwunschenen gelben Haus an der Seite einer sanftmütigen Helga lebte und ihre Schüler, darunter auch mich, zum Nachüben ins Badezimmer schickte. In Anlehnung an das Mann-Mama-Gefüge der Urtanten war Helga für die Ausbildung der Oberstimmen zuständig, Hannelore, stets in Hosen und Fischerhemd, indes nicht nur Geigen-, sondern auch Bratschen- und Cellolehrerin. Gemeinsam stellten die beiden ein eigenes Schülerorchester auf die Beine, dem »Bratsche«, wie Hannelore von Helga gerufen wurde, kräftig schnaubende Ganzkörpereinsätze gab. Ihre engste Vertraute war Marlies, eine samtbraune Altistin, die in einem modernen Haus am anderen Ende der Stadt lebte, aber alle musikalischen Höhepunkte und privaten Feste mit den beiden Streicherinnen teilte. Es gab eine still-zugewandte Ilse, die mir das Klavierspielen beibrachte, treffende Buchgeschenke machte und mit ihrer Lebensfreundin Erika aus Krefeld oft bei uns zu Gast, noch öfter aber auf Kulturreisen war. Es gab Hanneke, die charmante hochhackige Nenntante aus Düsseldorf, eine Studienfreundin meiner Mutter, deren Anrufe ob ihrer Länge gefürchtet und von meinem Vater gelegentlich durch ein fingiertes Klingeln an der Wohnungstür beendet wurden. Es gab, ebenfalls im Rheinland, die sogenannte Dünnschliff-Eva, die mir mit ihrem aparten weißen Kurzhaarschnitt und den strahlend blauen Augen von der zu Hause ein und aus gehenden Geologengemeinde eine der Liebsten war. Und in Stuttgart gab es *d'Hede,* eine weitere Base meiner Tanten, die in dem gediegenen Kunsthaus, *beim Schaller*, arbeitete, in ihrer Wohnung ausgesucht schöne Dinge besaß und diese mit einer ebenso spröden wie *herzensguten* Frau Müller aus Frankfurt teilte. Hede eilte in jüngeren Jahren der Ruf voraus, lebensgefährlich Auto zu fahren; und Hede saß der familiären Überlieferung zufolge bei den Sonntagsausflügen auf die Schwäbische Alb, sicher auf dem Beifahrersitz verwahrt, oft mit den Tanten in ihrem VW-Käfer. Ich sehe ihnen nach, meinen Tanten und ihren Gefährtinnen. Ihren Vätern entronnen. Heimliche Paktiererinnen. Ihrer Zeit weit voraus, immer wieder eingeholt von der beschwiegenen, begrabenen Vergangenheit.

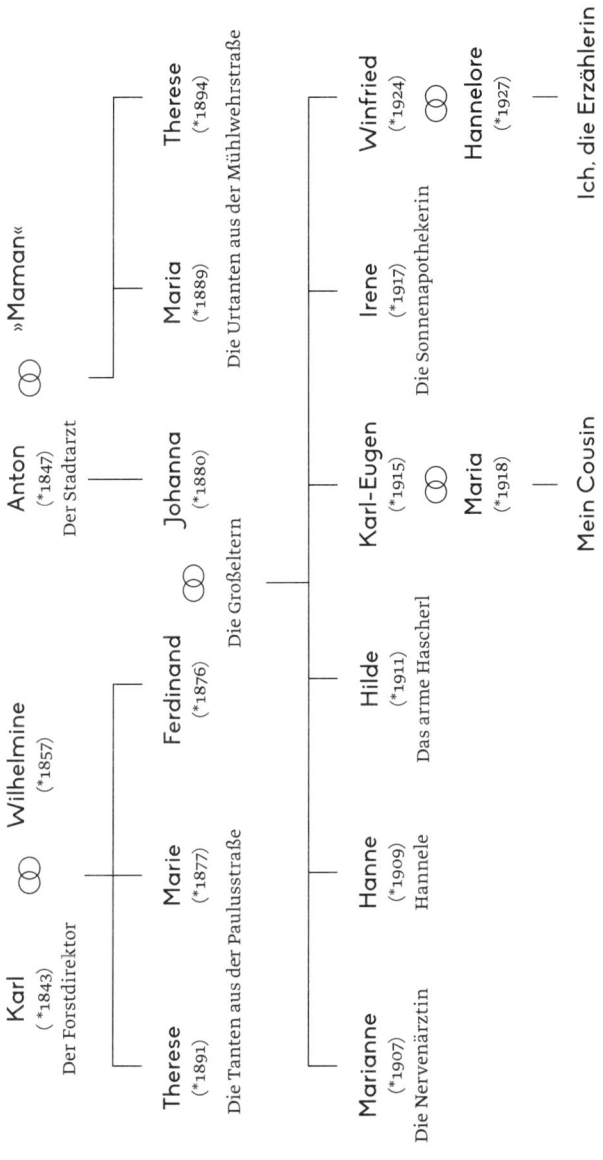

Karl
(*1843)
Der Forstdirektor

⚭ Wilhelmine
(*1857)

Anton
(*1847)
Der Stadtarzt

⚭ »Maman«

Therese
(*1891)
Die Tanten aus der Paulusstraße

Marie
(*1877)

Ferdinand
(*1876)
Die Großeltern

⚭

Johanna
(*1880)

Maria
(*1889)
Die Urtanten aus der Mühlwehrstraße

Therese
(*1894)

Marianne
(*1907)
Die Nervenärztin

Hanne
(*1909)
Hannele

Hilde
(*1911)
Das arme Hascherl

Karl-Eugen
(*1915)

⚭

Maria
(*1918)
Mein Cousin

Irene
(*1917)
Die Sonnenapothekerin

Winfried
(*1924)

⚭

Hannelore
(*1927)
Ich, die Erzählerin

Inhalt

Dank

Mein inniger Dank gilt Thomas, meinem Cousin, der unermüdlich Koffer entstaubt, Briefe geglättet, Erinnerungen geborgen, die Tanten – seine und meine – im Erzählen lebensvoll gemacht hat.